理系の恋文教室

Sachi Umino
海野幸

CHARADE BUNKO

Illustration

草間さかえ

CONTENTS

理系の恋文教室 —— 7

あとがき —— 268

理工学部、経営工学科。春井《はるい》研究室。

ここでは環境や防災、福祉や情報などといった公共の課題を、コンピューターシミュレーションや多変量解析などの統計的手法を用いて研究している。

研究室はゼミ棟の三階にあり、ここからは外の緑がよく見える。角部屋で、ドアを開けた正面と右手側が全面窓になっているのだ。L字に切り取られた窓の向こうでは、棟を囲うように植えられた木々が風に煽《あお》られガラスを叩《たた》く。

季節は六月。午後の日差しがたっぷりと射し込むこの場所はこんなに安寧としているのに。

——……もしかして、もう一息で死ぬんじゃないの、私。

「先生！　パソコンがフリーズしました！」

バチン、と手元でホッチキスが危なっかしい音を立てる。私は束ねたプリントと一緒に自分の指にまで針を打ちそうになって、慌ててプリントもホッチキスも机の上に放り出した。

その前に、ノートパソコンを抱えた研究室の四年生がやってくる。

「このシミュレーションソフト回すと必ずフリーズしちゃうんですけど、俺のパソコン容量小さすぎるんですかね？」

いや、それは君の組んだプログラムが重すぎるから、と説明する前に、今度は他《ほか》の学生が机の前に駆け込んできた。

「先生、多重解析ソフトをインストールしたはずなんですが、起動しません」

それはきちんとインストールできていないからで、ちゃんと手順を書いたプリントを読み直しなさい、と答えるより早く、今度は別の学生が部屋の隅から声を張り上げる。

「先生、検定率って五パーセントより大きいと仮定が覆るんでしたっけ？」

君は教科書から読み返しなさい、と、頭の中ではスムーズに返答をしているつもりだが、結局何ひとつ言葉にはならずパクパクと唇だけが上下する。

そんな私の隣の席で、今度はまた違う声が上がった。

「春井先生、見てくださいよ、僕の作ったプログラム！」

嬉々として開いたノートパソコンを押しつけてきたのは、助手の松田《まつだ》君だ。彼は数年前までこの大学の学生で、春井研究室のメンバーだった人物である。三年前、助手として再びこの研究室に籍を置くことになった松田君は、丸顔に乗った眼鏡《めがね》の奥から細い目をさらに細くして身を乗り出してくる。

「この画面上の、赤い丸が春井先生。で、青い丸が学生です」

言われるままに視線を動かせば、画面の中心を正方形に切り取ったような白いフィールド上を、ひとつの赤い丸と複数の青い丸が無秩序に動き回っている。

「これは……マルチエージェントシミュレーター？」

私が尋ねると、松田君は嬉《うれ》しそうに首を縦に振った。

「もう少ししたらゼミで三年生にこのソフトを教えなくちゃいけなくなるので、予習です」

マルチエージェントシミュレーターとは、言ってしまえば四角い箱の中にビー玉を投げ込んで、それがどんな動きをするのか、実際にやらずにパソコンの中でシミュレートできるソフトのことだ。ビー玉を人に見立て、プログラムを組む際に幾つかの条件を与えてやることで、より現実に近い動きを見ることもできる。

例えばこんな具合に。

「この赤丸が春井先生でしょ、で、これに学生に見立てた青丸が何回か接触すると……」

松田君の声が途切れるのと同時に、パソコン上を動き回っていた赤と青の玉の動きが止まった。続いて画面上に『今日はこれまで！　もう勘弁して～』という文字が現れる。

私は下がりがちになる眼鏡を押し上げて松田君を見返した。

「青丸が赤丸に接触した回数をカウントして、一定数以上になったらコメントの表示と共にプログラムが終了するんです。学生に質問攻めにされてパンクする春井先生をシミュレートしてみました」

あはははは、と松田君は童顔の丸顔に屈託のない笑顔を浮かべた。

松田君と一緒に引きつった笑みを浮かべつつ、そんなものを作っている暇があったら資料作りでも手伝ってくれないだろうかと密《ひそ》かに思う。今さらシミュレートなんてするまでもなく、私はパンク寸前だ。目の前には質問の答えを待つ学生が並び、ゼミで使う予定の資料は出来上がっておらず、明日の朝一の授業では小テストをしなければならないのにまだ問題すら作っていない。

溜《た》め息《いき》をついたら目の端で疲れ切った顔をした男が項垂《うなだ》れたのが見えた。視線をそちらに向けてみると、机の横に置かれた資料棚のガラス扉に私の姿が映っている。

ガラスの中で、私は心底疲弊した顔をしていた。もういっそ、日々の生活や人生に疲れている風情だ。肉のそげた頰《ほお》はカサカサと乾き、手櫛《てぐし》を通しただけの乱れた髪には白髪《しらが》が目立つ。大きなフレームの眼鏡は野暮ったく重く、いつの間にかズルズルと落ちていたそれをさくれた指で押し上げた。

今年、四十八になる。けれど、親元を離れて久しく、一人身で長く不摂生な生活を続けていたせいか、実際より老けて見られることが多い。もう若くもないのに、体力の有り余る男子学生を相手にするのは正直辛《つら》い。いっそこのまま、生協へ逃げ込んでしまいたいくらいだ。

背後の大きな窓から射し込む麗《うら》らかな日差しを受け、現実から逃避するように意識がフッと遠くなる。このまま気を失えたら楽だろうか、数名の学生に囲まれながら一瞬本気で思ったが、そんな軟弱なことを考えた私の思考を読んだかのように、狭い室内に張りのある声が響き渡った。

「プログラムと解析ソフトのことなら、先生に聞くより僕に聞いた方が早いですよ」

耳を打つ、涼やかな声。遠退《とおの》きかけた意識がふいに引き戻され、私の視線は強い力で声のする方へ吸い寄せられる。

研究室の入口に立っていたのは、学部三年生の、伊瀬《いせ》君だった。途端に、私の机の周りに群がっていた学生たちが体ごと向きを変えて伊瀬君に駆け寄っていく。

「よかった！　プログラムの神様来た！」

「待て待て！　俺が先だって！　F検定の結果がわけわかんねぇ！」

しまいには松田君まで席を立って、私の周囲は唐突に静かになる。

学生に頼りにされない淋《さび》しさよりは、質問攻めから解放された安堵《あんど》の方が勝って、私は大きく息を吐いた。

研究室の隅では、早速伊瀬君が四年生に何事か説明をしているようだ。四年生は全員、教えを乞《こ》うているのが自分より年下だということなど忘れた顔で、熱心に伊瀬君の言葉に耳を傾けている。その様を、私は遠くからぼんやりと眺めた。

伊瀬君は背が高いので、人の輪の中にいても頭ひとつ分飛び出てしまう。にもかかわらずその顔がよく見えないのは、長目に伸ばした前髪が彼の横顔を隠してしまうからだ。

もしかすると故意に隠しているのかな、と時々思うこともある。

華奢《きやしや》なチタンフレームの眼鏡をかけた彼の横顔は、何度見てもハッとするほど綺麗《きれい》だ。艶《つや》やかな黒い髪の下から現れる肌は象牙《ぞうげ》並みに白く滑らかで、そのせいか、伊瀬君の顔を見ると精巧な彫刻を連想してしまう。腕利きの職人が丹精込めて彫り出したような、美しい横顔。

どうしたって人目を惹《ひ》くその顔を、彼は今日も黒い髪で隠している。他人の視線が煩わしいとでも言いた気に。無表情を貫きながら。

「……うたた寝なら家に帰ってからにしてくれませんか」

長いこと伊瀬君の顔を眺め続けていたら、いつの間にか近づいていたそれがいきなり冷淡な言葉を吐いた。うっかり伊瀬君に見とれていた私は自分がよほど呆《ほう》けた顔をしていたことに気がつき、慌てて姿勢を正す。

伊瀬君は私を見下ろしたまま何か言おうとして、不意に眉間《みけん》に皺を刻んだ。

「——……それはなんです」

いきなり低くなった伊瀬君の声にギョッとして慌てて机の上に視線を移したが、取り立てて妙なものはない……と思う。あるのはせいぜいゼミで使う資料くらいだ。

「な、何って、これは、明日のゼミで使う……」

「どうして貴方《あなた》がそんなことをしているんですか」

私はうろたえて俄《にわ》かには返答もできない。ただ、授業で使うソフトの作業手順書を三枚つづりにしてホッチキスで留めていただけなのだ。詰問される理由がわからなかった。

無様に口をパクパクさせるだけの私を見下ろして、伊瀬君は細い溜め息をついた。

「こんな雑用、助手にやらせればいいでしょう」

言うなり伊瀬君は、机を挟んで私と向き合ったまま資料を自分の方へ引き寄せてしまう。すでに三枚ワンセットで重ねられていたそれにホッチキスの針を打ち出した彼を、私はおろおろと見上げた。

「い……いいよ、伊瀬君……私がやるから」

「貴方の終わるのを待っていたら日が暮れます。大体、こんなことをしている暇があるんですか？　もうすぐ中間テストですが、準備は進んでいるんでしょうね？」

不機嫌極まりない伊瀬君の前では、まだ、と答えるのも憚《はばか》られる。伊瀬君は返事をしない私を見もせず針を打ち続けた。

「助手にやらせなさい、こんな仕事」

「……松田君も、忙しいから」

「貴方も忙しいんでしょう。なんのための助手です」

無意味な問答が不快だとでも言いた気に、伊瀬君の声は低くなる。綺麗な顔も苦々しく歪《ゆが》んで、すっかり萎縮《いしゆく》した私は机の上に視線を落とした。自分でも、じわじわと耳が熱くなっていくのがわかる。ひどく緊張したり不安になったりすると耳が赤くなってしまう質《たち》なのだ。倍以上年の離れた学生に睨《にら》まれただけで身動きのとれなくなってしまう自分が情けない。

伊瀬君は手早く作業を終わらせると、資料を机の端に置き、今度は私の視線が落ちる場所にばさりと教科書を置いた。

目を上げると、酷薄なほど表情のない顔で伊瀬君が私を見ている。

「今日の講義内容について質問があるのですが、よろしいですか、春井センセイ」

センセイ、と言うときの、彼の微妙な表情の変化。それを見ていられず、私は眼鏡を押し上げる振りをして、下を向く。

伊瀬君は、入学当初から特別だった。

それはまず、入学式で新入生代表の辞を述べることから始まる。理学部、工学部の二つの学部からなるこの大学で、伊瀬君はその年の入試最高得点を獲得したのだ。

伊瀬君が壇上に上った瞬間のざわめきは忘れられない。広い会場に漣《さざなみ》が広がり、やがてそれは大波になって場内を包んだ。伊瀬君が、あまりに秀麗な容姿をしていたせいだ。

天は二物も三物も与える、という凡人には到底受け入れ難いシビアな事実を広く学内に知らしめた伊瀬君は、入学後も真面目《まじめ》に授業に出席し、演習もレポートも試験も文句なしに優秀な成績を残した。さらに彼の名を決定的に広めたのは、物理学の試験だ。

この経営工学科では、一年生の必修科目に物理が組み込まれている。そして必修にもかかわらず、毎年学生の三分の一以上が再履修を強いられるという過酷な科目でもある。この物理学の担当教授、部内でも有名な変わり者なのだ。

この教授に情状酌量というものは存在しない。試験で六十点を下回った者からは容赦なく

単位を剝奪《はくだつ》する。その上テストの内容が恐ろしく難解だ。

以前、学生の間で出回っている過去問を見せてもらったことがあったが、驚いた。テストの内容は、東大入試の後期試験レベルのものだった。こんな問題をうちのような中堅大学に入学したばかりの学生に解かせるのはさすがに酷だと思った記憶がある。

その、新入生を真っ先に苦しめる物理学のテストで、伊瀬君は偉業を成し遂げた。東大の後期試験と同等の難易度を持つテストで、伊瀬君はまさかの満点を叩き出したのだ。

これには担当教授も素直に驚いたのだろう。テスト返却時に大きな声でそれを公言してしまったものだから、伊瀬君の噂《うわさ》はさらに学内の隅々まで広まることになったのだった。

どう考えても入る大学を間違えているとしか思えない。成績優秀、容姿端麗。なぜ彼がここにいるのか、大学創立以来の謎《なぞ》となり得る事態である。

そんな伊瀬君も今年の春で三年生になり、彼がどのゼミを選択するかは学内の耳目を集めた。大抵の四年生は、三年で選択したゼミの研究室に入って卒業論文を作成するものだから。

教授陣は特に色めき立つ。あの優秀な生徒を是非自分の研究室にと。

それなのに、彼はなぜか私の研究室へやってきた。毎年定員割れを起こすほど人気のない、私の研究室に。

その理由は――……できることなら、私が知りたいところだ。

六月の日差しは春のそれより力強く、でも夏よりはまだ穏やかで、散策をするにはちょうどいい。

昼休み。簡単な昼食を済ませて私はゼミ棟の裏へ回る。

棟の裏にはあまり人が来ないのだけれど、そこには小さな花壇があって、今の時期にはバラの花が美しく咲くのだ。だから春から夏に至るこの季節、私は暇をみてはゼミ棟の裏へ向かう。小さなバラの花壇を見ながら思索にふけるのが好きだった。

辿《たど》り着いた裏庭には今日も人影がなく、随分と静かだ。

私は花壇の前に立って花を見下ろす。いったい誰《だれ》が植えたのか、花壇には何種類かのバラが植わっていた。中心に柔らかな花びらが密集した真っ赤なバラや、黄色い花弁も露《あら》わに大きく花びらを開いた薄紅のバラ。

さやさやと風に揺れる花々を見下ろしていたら、無意識に溜め息をついていた。

最近いつもこんな調子だ。気を抜けば、ほんの二ヶ月前に私のゼミに入った伊瀬君のことばかり考えている。

伊瀬君はゼミでも優秀で、毎回の課題をきっちりと仕上げ、しかもその出来が素晴らしい。ゼミの他に選択科目で私の授業もとっていて、時々は研究室に授業の内容について質問に来ることもあった。本当に、非の打ちどころがない生徒だと思っていたのに——……。

五月の連休が終わった頃だろうか。

研究室へやってきた伊瀬君が、突然私の机の上に紙の束を叩きつけた。相当乱暴に。

それはゼミで輪読する予定の、五枚程度のごく短い英論文だった。ゼミの履修者に各自半ページずつ訳を作ってくるよう言い渡してあったものだ。

唖然《あぜん》とする私の前にそれを投げ出して、伊瀬君は低く呟《つぶや》いた。

『こんなものを、大勢で回し読みすることになんの意味が？』

私は彼の顔を見上げて絶句する。間近で見て、初めて彼の瞳《ひとみ》に浮かんだ感情を窺《うかが》い知る。

『一週間もあれば一人で読み切れる量です。こんなものを、なぜ三週間もかけて八人がかりで読むんです』

彼の瞳の奥には、青白い焰《ほむら》に似た怒りがゆらめいていた。最早苛立《もはやいらだ》ちを通り越し、怒りよりも憎しみに近いものが眼鏡の薄いガラス越しに伝わってくる。

二の句が継げない私の前で、彼は押し殺した声で言った。

『……他の研究室では、これよりずっと難解で分厚い論文を個々人が読んできますよ』

——軽んじられるわけだ。

そう唇だけで呟いて伊瀬君は踵《きびす》を返し、私はただ、成す術《すべ》もなくその背中を見送ることしかできなかった。だって言われるまでもなく、私の研究室は学生からも他の教授陣からも軽んじられていて、彼の言い分はまったく正しかったからだ。

私やこの研究室が軽んじられる理由は、課題が極端に少なかったり、学生が課題をこなさなくても私が怒らなかったり、卒業生の卒論を焼き回すばかりで研究内容が深まらなかったり、その事実を知りながら私が現状をどうすることもできなかったり、ともかく伊瀬君が私に苛立ちをぶつけるのもやむなしと思えることばかりだったから、何も言い返せなかった。

以来、彼は私を『先生』と呼びたがらない。

尊敬に値しないとでも言いた気な態度や、冷ややかな視線も隠さない。だから。

——……情けないことに、生徒であるはずの彼が、私は怖い。

でも、私はこうも思わずにはいられない。

私の研究室にはもうずっと前から、公共的な問題を扱っていれば何をやってもいい、という気楽な風潮が蔓延していて、間口が広い分専門的な知識は必要とされず、『落ちこぼれの避難所』と陰で囁《ささや》かれていることだって周知の事実であったはずなのに。

最初からここは伊瀬君がわざわざ選ぶような研究室ではないのだ。落胆をされても困る。期待するようなことは微塵《みじん》もない場所であることぐらいわかり切っていたのではないか。

……伊瀬君は私の研究室に、いったい何を望んでいたのだろう——……？

「春井先生？」

伊瀬君が私のゼミを選んで以来、何度も繰り返してきた問答をまたぞろ頭の中で反芻《はんすう》していたら突然後ろから声をかけられた。直前までまったく人の気配に気づかなかったものだから大いに驚いて振り返ると、そこにジョウロを抱えた女性が立っていた。

「今日もバラ、綺麗に咲いてますか？」

ほんの少し、イントネーションに癖のある喋《しゃべ》り方。単語だけがはっきりと響く声の主は、経営工学部の准教授、範《ファン》先生だった。

上手い返答も思い浮かばず、私が曖昧《あいまい》に頷《うなず》いて花壇の前を空けると、範先生はにっこりと笑って花に水を遣り始めた。その後ろ姿を、私はぼんやりと見つめる。

年の頃は三十代半ばだが、範先生は実年齢よりずっと若々しく見える。真っ黒な髪を肩先できりりと揃《そろ》え、前髪も眉《まゆ》の上で一直線に切っているせいだろうか。服は大抵ワンピースで、一昔前の女学生みたいだ、と思う。それも、随分とモダンな。

一昔前の『モダン』が今どう評価されるのかは知らないが、範先生は人目を惹く。優し気なふっくらとした頬や、黒目がちな大きな目が大層愛くるしいからだろう。特に、全体の八割以上を男子学生が占めるこんな理系大学では、常に柔らかなワンピースを身に纏《まと》う姿は否応もなく目立つのだ。

うっかりすると学生に間違えられてしまうことすらある範先生だが、実際はすでに自分の研究室を持つ立派な教員だ。専攻は生産システム工学で、母国、中国の大学を首席で卒業したエリートでもある。

そんな彼女とは屋内よりも裏庭で行き会うことが多い。バラは範先生が植えたものではないらしいのだが、彼女はよくこうして花に水を遣りにやってくる。

範先生の白いワンピースと、その向こうに咲き誇るバラの花を見るともなしに見ていたらこちらに背を向けたまま先生が私に声をかけてきた。

「そういえば、伊瀬君の調子はどうですか？　元気にしてますか？」

不意打ちに、ぐむ、と喉《のど》の奥で妙な音がした。私はそれを無理やり飲み込んで、えぇ、とか、はぁ、とか無意味な言葉を繋《つな》ぐ。

けれど範先生は端《はな》から私の返答など期待していなかったらしく、パッと振り返ると柔らかな頰に、実に素直な不満の表情を浮かべてみせた。

「羨《うらや》ましいです、春井先生。二年生のときの伊瀬君、私の授業は欠かさず出てくれて、試験もとっても優秀でした。あんなに私の授業を理解してくれた生徒は少ないのに」

言葉の最後に、ぽつりと範先生が何か呟いた。それは恐らく中国語で、中国語を解さない私にはわからないはずなのに、態度からはっきりと『残念』と呟いたのがわかってしまって私はウロウロと視線を地に落とす。

範先生が、私を困らせようとしているわけではないことくらいわかっている。けれど、どうにも彼女は自分の感情をはっきりと面に出しすぎるきらいがある。特に伊瀬君のことになるとなおさらで、何度こうして落胆の溜め息を正面から吹きかけられたことかわからない。

黙り込んでしまった私の前で、範先生は両手でジョウロを持ったまま肩を竦《すく》めた。そして、眉を上げて小さな笑みをこぼす。

「二年生のとき、彼を私の研究室に誘ったこともありましたが、断られました。だからきっと、伊瀬君はどうしても春井先生のところに行きたかったんですね」

「いや……それは、どうでしょう——……」

「だって、他の先生だってたくさん伊瀬君に声をかけてます。でも彼は、春井先生を選んだ」

選んだ、と私は範先生の言葉を口の中で反芻する。

私のように、口下手で背中の丸まったうだつの上がらない教授を、本当に伊瀬君は選んだのだろうか。落ちこぼれの避難所と名高い私の研究室を、本当に？

「春井先生、凄《すご》いですね」

範先生が、私を見上げて屈託なく笑う。その顔にはいっぺんの嫌味も軽蔑《けいべつ》も含まれていなくて、そのことが私をいたたまれない気分にさせる。どうして貴方を選んだのかと首を傾《かし》げられた方がまだましだ。私にだってわからないのだから。

「あの……じゃあ、私はこれで——……」

結局、範先生の尊敬の眼差《まなざ》しを受け止めきれなくなって逃げるように裏庭を後にした。

伊瀬君から常々冷淡な視線を向けられていることなんて、とてもではないが真《ま》っ直《す》ぐな目で私を見上げてくる彼女に伝える気にはなれなかった。

研究室に戻ると室内には誰もいなかった。腕時計を見下ろすと、すでに三コマ目の授業が始まっている時間だ。

パソコンの載った机と乱雑に資料の詰め込まれた本棚が並ぶ見慣れた場所で、私はやっと人心地《ひとごこち》つくことができる。視線を転じれば、正面から右手へ広がる大きな窓から青々とした木々の緑が目に飛び込んできて、呼吸がスッと軽くなった。

そのまま右手の奥にある自分の席に向かおうとした私の足が、ふと止まった。

研究室に置かれた机は全部で八個。二個ずつ隣り合って、その向かいに同じように二個の机がくっついて、四個で一つの島を作っている。その二つの島が部屋の左右に分かれて中央に通路を作っているのだが、入口から見て奥の島、窓辺のパソコンにぽつんとノートパソコンが置かれているのが目に入った。

伊瀬君の席だ、ととっさに思った。

研究室には本来、四年生の席しかない。院生は隣の院生室を使っているし、三年生は週に一度のゼミでこのゼミ棟を訪れるくらいで、研究室にまでは滅多に足を運ばない。

それなのに伊瀬君だけは例外で、なぜか彼はこの研究室に自分の席を持っている。

今年、私の研究室を選択した四年生は七名。だから元からあの窓際の席は無人だったのだが、気がついたらそこは伊瀬君の席になっていた。

伊瀬君はゼミのある日もない日もたびたびこの部屋を訪れる。何しろここは落ちこぼれの避難所だから、卒論制作が間近に迫るまであまり学生が寄りつかない。だから、図書館よりも静かでパソコン室よりネット環境が整っているからと、伊瀬君はしばしばこの部屋を自習室代わりに使う。

伊瀬君がいると課題に詰まらなくて済む四年生が——伊瀬君は授業とは別に自分でプログラミングや統計ソフトの使い方を勉強していて、彼の知識は学部の四年生をとうに追い抜いている——伊瀬君の訪問を歓迎して彼のためにきちんと席を用意したらしい。

それにしても、と、私はぺたぺたとスリッパの音を響かせながら窓際の机へ近づいた。

A４サイズの黒いノートパソコンを見下ろして私は首を傾げる。パソコンはここにあるのに、その持ち主の伊瀬君がいない。ちょっと席を外しているだけだろうか。もう三コマの授業が始まっている時間だというのに？　パソコンだけ置いて授業に出ているのか。でも、電源も落とさないなんて、珍しい——……。

私は開いたままのパソコン画面をなんの気なしにヒョイと覗《のぞ》き込む。見慣れないものに興味を示す子供と一緒で、なんの悪意も躊躇《ちゆうちよ》もなく。

そして——ギョッとした。

立ち上がっていたのはワードだった。横書きの文章は一瞬レポートのようにも見えたが、最初の一行を見て視線が固まる。

『好きです』と。

脈絡もなく、突然文章は始まっていた。

レポートの書き出しにしてはあまりにも不自然なそれに思わず視線が泳いでしまい、続く文章まで目に飛び込んでくる。

『突然こんなことを言われても戸惑われるかもしれませんが、僕は』

そこまで読んでやっと、これはラブレターというものではあるまいかと口が半開きになり、そのまま読み進めようとしたところで後ろから地鳴りのような低い声が響いてきた。

「――人のパソコンを勝手に覗かないでいただけますか」

「……っ…‼」

驚きすぎて、声も出なかった。ヒュッと勢いよく吸い込んだ空気の塊が喉に叩きつけられ、私は大いにむせ返る。机に手をつきごほごほと咳《せ》き込みながら振り返ると、思った通り、そこに不機嫌極まりない顔をした伊瀬君が立っていた。

「ご…っ…ごめ、ん……！　ま、間違って――……」

「いったい何をどう間違えてその体勢ですか」

片手を机につき、前のめりになってまだ咳き込む私を見下ろす伊瀬君の顔は、地獄の鬼も裸足で逃げ出す凶悪な面相だ。形のいい眉が吊《つ》り上がり、眉間に深い皺が刻まれて、何より眼鏡の奥の目が剣呑《けんのん》だ。今はまだ腕を組んでいるからいいが、あれがもし両脇《りょうわき》に垂らされたら、あっという間に胸倉を摑《つか》まれてしまうのではないかとすら思わせる。実際のところ今にも伊瀬君は腕をほどいて殴りかかってきそうだし、小心者の私を震え上がらせるには十分な極悪面でこちらを見たまま動かないから、私は焦って口を開いた。

「君のパソコンが、授業中なのに、こんなところに置いてあるから、忘れ物かと思って、それで、確認をしようと——…っ…」

「三コマの授業は休講です」

「ごめん！　知らなくて！　だから、忘れ物だと思って、でも電源が入っていたから画面を見たら——…っ…」

「それでどうしてパソコンの画面を覗き込もうとするのかがわかりませんが」

伊瀬君の声は一向に低いままで、私はますます動転する。どうにかこの場を切り抜けようと言葉を重ねれば重ねるほど伊瀬君の顔は強張《こわば》っていくようで、追い詰められた私はとうとう裏返った声を上げた。

「ほ……本当にごめん！　君が…っ…ラブレター書いてるなんて知らなかったんだ！」

こうなったら早々に謝ってしまおう、と私は思って。

思って、素直にパソコンの画面を盗み見たことを白状してしまっていた。

「——……やはり、読みましたか」

遠くで鳴る雷のような、静かに不穏な伊瀬君の言葉に私は目を瞬かせ、そこでようやく『まだ文章までは読んでないよ!』という言い訳が実は成立したのだということに気がついた。が、気がついた瞬間にはもう、その言い訳は使い物にならなくなっている。

しまった、と思ったときには何もかも手遅れで、私は長身の伊瀬君を見上げてただただ唇を戦慄《わなな》かせる。そんな私を見下ろして、伊瀬君は長い溜め息をついた。

「まぁ、読まれて困るものでもありませんが」

息と一緒に、伊瀬君の声からスゥッと怒気が抜ける。それを感じとって、私はへなへなとその場に座り込んでしまいそうになった。どうやら伊瀬君にとっては手紙の内容を読まれたことより、勝手にパソコンを覗き込まれたことの方が重要度が高かったらしい。

……………しかし、伊瀬君がラブレター。

なんとか体勢を立て直した私は、何事もなかったように席に着いてキーボードを叩き始めた伊瀬君を見下ろし、少し感慨深い気分になってしまった。

どちらかというと伊瀬君は感情の起伏が乏しい。喜怒哀楽が希薄で……そのわりに私に対する怒の部分が突出しているが、とにかくあまり感情を露わにしない。私は未《いま》だに、授業中もゼミの時間もこの研究室にいるときも、伊瀬君が声を上げて笑うどころか、唇の端を持ち上げるところすら見たことがない。

そんな伊瀬君が私に対してだけは負の感情を隠さないのだから、私の授業方針に対して相当腹に据えかねているのだろう——ということはこの際脇におくとして、あまり他人に関心を示さない伊瀬君が誰かのために手紙を書いているというのが、とても意外で、驚きだった。

思わずまじまじと伊瀬君の横顔を見ていたら、その視線に気づいたのか、伊瀬君が前髪の隙間《すきま》からこちらを一瞥《いちべつ》した。

「……なんです、そんな所に立って」

伊瀬君の隣で呆けたように立ち尽くしていた私に、胡散臭《うさんくさ》そうな視線が容赦なく飛んでくる。相変わらず全然教授扱いされていないなぁ、と思いながら、私はキーボードの上に置かれた伊瀬君の白く長い指に視線を落とした。

「いや、恋文なんて、伊瀬君は随分と古風なことをするんだね……」

「恋文という言葉のセンスも随分と古風な気がしますが」

うん、と私は素直に頷く。恋文なんて、自分でも一瞬口にするのを躊躇した。でも、ラブレターという言葉も似たり寄ったりで言葉にするのは気恥ずかしい。

伊瀬君は興味を失ったように私から目を逸《そ》らすと、再びパソコンの画面を見遣って頬杖《ほおづえ》をついた。

「別に、手紙を書いたところで相手に渡すかどうかはまだ決めてませんよ。ただ、効率的に思考をまとめようと思ったら文章化するのが一番いいんです」

「へぇ……？」

伊瀬君の指先に落ち着いていた視線が、ふいにスルリと引き上げられる。

自分でも、いったい何に反応したのかわからなかった。ただ、瞳が伊瀬君の横顔に吸い寄せられる。磁石で引っ張られるように。心のどこか、あるいは頭の深いところで、見ろ、と何かに促されるように。

「私もそうだよ。物事を整理するときはごちゃごちゃ紙に書き出すようにしてるんだ」

「……そうでしょうね。貴方から聞いたことですから」

そうだっけ？　と問い返そうとしたところで、サラリと伊瀬君の頬に黒い前髪が一筋落ちた。作り物めいて整った白い顔の向こうには、昼の日差しを照り返す緑の木々。色のない横顔と艶やかな黒い髪、細い眼鏡のフレームが外からの光を反射して、その先にある息を飲むほどの深い緑、白い日差し。

それは空恐ろしいほど現実離れした美しさで、私は伊瀬君から目を逸らせなくなる。

そして、以前にもどこかで同じことを感じたことがある、と思った。唐突に。こんなふうに静かな午後で、怖いくらい綺麗だと。……何に対して思ったのだったか。

首をひねったところで伊瀬君が低い唸《うな》り声を上げて、私はビクリと背中を震わせた。

「ど、どうしたの？　あの、邪魔だった……？」

言いながらすでに逃げを打つ体は二、三歩伊瀬君から遠ざかりかけている。情けないことだがやっぱり私は伊瀬君が怖い。大人しく退散しようとしたら、伊瀬君は眉間に皺を寄せたまま小さく首を振った。

「違います、ただ……続く言葉が思いつかないだけです」

伊瀬君はパソコンの画面を睨んだままキーボードから手を放すと、何か考えるときの癖なのか指先で唇を撫《な》で、独り言のように呟いた。

「好きです、と最初に書いたのがいけなかったのでしょうか……。『突然のことで戸惑われるかもしれませんが、僕は貴方のことが好きです』、の方が……？」

「あぁ……そうだね、そっちの方が自然だね」

つられて私が相槌《あいづち》を打つと、伊瀬君は何度か小さく頷いて再びキーボードに指を滑らせた。カタカタと軽やかにキーを叩く音が響き、画面上に新しい文字が並ぶ。私はほとんど無意識にパソコンに並ぶ文字を目で追って、瞠目《どうもく》した。

伊瀬君が打ち込んだのが、こんな言葉だったからだ。

『貴方のことが好きです。だから、やらせてください』

「――……な……っ……何をやるって!?」

思わず叫んだら、まだいたのか、とでも言いた気な顔で伊瀬君がこちらを振り返った。

「何って……セックス以外の何が？」

当たり前に問い返され、私は二の句が継げなくなる。一瞬伊瀬君なりの冗談かとも思ったが、私を見返す目は常と変わらず静かなものだ。それどころか、私の察しの悪さを責めるような色さえにじませるものだからたじろぐ。伊瀬君の冴《さ》え冴《ざ》えとした目に見詰められると、なんだかいつも間違っているのは自分のような気がしてしまうからたまらない。

伊瀬君は微《かす》かな溜め息をついて私から目を逸らすと、指の先で眼鏡のブリッジを押し上げた。

「セックスなんて直球な言葉を使ったら引かれてしまうかと思って、オブラートに包んだつもりだったのですが」

「いや、あの……十分それも、直球だと思うけど……」

私が口の中でもごもごと指摘すると、パソコンの画面を見詰めていた伊瀬君が微かに目を眇《すが》めた。途端にピリッと空気が強張った気がして、私は慌てて言い添える。

「いや、そ、そんなにすぐに、やりたいとか言うのは、どうだろうか、な、と——……」

「でも、そう言っておけばどういう種類の好意をこちらが抱いているか、相手に伝わりやすいのでは？」

「こんな手紙もらったら、き、きっと言わなくたって、伝わると思う、よ……？」

私はビクビクしながら言い返す。だって伊瀬君に物申すのなんて初めてだ。これまでは、レポートにせよ課題発表にせよ試験にせよ、伊瀬君に非の打ちどころなんてなかったから。

すっかり及び腰で伊瀬君の反応を待っていると、突然伊瀬君がぐるりと椅子《いす》を回して私の方を向いた。本能的な恐れから上半身を仰《の》け反《ぞ》らせた私を見上げ、伊瀬君は唇に指先を添える。

「……友人でも知人でも、実際会ったことのない芸能人に対してだって、好きだと思うことは可能でしょう」

ぽつりと呟いた伊瀬君は、体ごと私の方を向いているくせに、視線はこちらを向いていなかった。ただ、床の一点、私のスリッパの爪先《つまさき》辺りを見詰めて静かに呟く。

「同じ好きでもそれぞれ意味が違います。でも、恋愛感情を伴った好きの後には、必ず相手との性交を望む感情がついてくる。むしろついてこなければ、それは恋愛感情ではない」

はぁ、と私は掠《かす》れた息のような返事をした。伊瀬君の声は平淡で、恋愛を語るにしてはあまりにも体温が低い。私は研究発表でも聞かされている気分になる。

伊瀬君は親指の腹でスッと下唇を撫でると、考えがまとまったのかやっと私を見た。

「これは僕自身にとっても重要な部分なんです。僕はこの手紙の相手とセックスがしたいかどうか考えてみて、素直にしたいと思ったから手紙を書く気になりました。相手に一番伝えたいのはむしろ、この部分だけと言っても過言ではありません」

甘やかなはずの恋愛感情も、こんなふうに解体されてしまうとなんて味気がないのだろう。

うん、と頷くのが精一杯だった私を見て、伊瀬君は自分の主張がすんなりと受け入れられなかったのを悟ったのか、途端に横柄な態度になって机に肘《ひじ》をついた。

「大体、好きだという言葉の後にいったい何が必要です。最終的に恋人にしたい相手に望むのは、性交でしょう」

「あぁ……うん、それはまぁ、そうなんだけど——……」

最短距離を突っ走りすぎているのが問題なのだ。そういう関係に至るにしたってもう少し手順とか過程とかいろいろあるはずなのに、伊瀬君の文面からはそれらの経過が一切想像できない。つき合います、と承諾した途端ホテルに連れ込まれてしまう感じがする。

「でも、この手紙では君が本当に相手のことを好きなのか、伝わらないかもしれないよ？」

「やらせてくださいと言っているのに？」

「だって前提が間違っているじゃないか。セックスがしたい、イコール恋愛感情を抱いているってわけじゃない。恋愛感情を抱いていなくてもセックスのできる人間はいるよ？」

伊瀬君が黙り込む。表情のない顔でジッと見上げられ、私はよほど自分が見当外れなことを言った気分になってその場から逃げ出したくなる。

伊瀬君はしばらく私を見上げた後、肩が上下するくらい大きく息を吸い込んで、ゆるゆるとそれを吐き出しながら呟いた。

「……これでも、三段論法と対偶を使って完璧《かんぺき》な理論構築をしたつもりだったのですが」

思考をまとめるために日常的に数学用語を使うあたりが伊瀬君らしい。伊瀬君は深々と息を吐き切ると、目にかかる前髪を後ろに撫でつけた。

「大前提が間違っていましたか。命題の対偶は確かに真だったのですが」

「論理学の話かい？　でも、対偶は必ずしも直観主義論理にはあてはまらないから……」

「どうして世界は古典理論で構成されていないのでしょうね。そうすれば万物の真偽が明確になるのに」

伊瀬君は頭の後ろで両手を組んで、またジッと床の一点を見詰めた。

前髪を上げたせいで伊瀬君の極めて整った顔が露わになる。そこにはいつもの通りなんの感情も浮かんでいなかったのだけれど、どうしてか引き結ばれた口元や微動だにしない瞳から彼の落胆が伝わってくるようで、私は自分でも珍しく重い唇をおずおずと開いた。

「その……もう少し、ロマンチックな表現にしてみたらどうだろう……比喩《ひゆ》とか使って」

ゆっくりとした瞬きの後、伊瀬君が視線だけ上げて私を見る。真っ黒な瞳に、どんな、と尋ねられ、私は妙な提案をしてしまった自分に後悔しながら言葉を探した。

「例えば、君が相手のどんなところを好きになったのか、とか、相手を想《おも》って苦しい気持ちを書いてみる、とか……」

「比喩を使って？」

別にどうしても比喩を使わなければいけないこともなかったのだが、伊瀬君は放っておくと直球すぎる言葉しか選ばないような気がしたので、私は首を縦に振る。

伊瀬君はしばし黙り込むと、頭の後ろで組んでいた指をほどいて再びパソコンに向かった。

思いついたことを忘れないうちにすべて書き留めておくつもりなのか、伊瀬君の指が慌ただしくキーボードの上を滑る。ほとんど口で喋るのと同じスピードで画面に打ち込まれていく文字を目で追って、私は自分の顔がどんどん情けなく歪んでいくのを自覚した。

最後にパァンとエンターキーを叩いた伊瀬君が私を振り返る。コメントを求めるように無言で見上げられ、それまで必死でなんらかのフォローの言葉を考えていたはずの私は、けれど最後まで上手い台詞《せりふ》を見つけられず、やむなく喉の奥から絞《しぼ》り出すように呟いた。

「君、比喩っていったら数学的な比喩しか使えないのかい……?」

「比喩は比喩でしょう?」

「だからって……!」

私は思わず身を乗り出して画面に並んだ文章をもう一度読み返す。だが、何度読んだところでそれはとても恋文には見えない。

「『貴方の心がわからない』、ここまではいいよ、でもその後……『貴方の心にピボットがあれば、いつかは答えがわかるのに』って……!」

「苦しい気持ちが伝わるでしょう」

「ピボットで解を求めるのは線形代数学じゃないか……!」

比喩です、と、至極真面目な顔で伊瀬君は言う。

いや、伝わらないだろう、と私は眉尻《まゆじり》を下げる。数学的知識がなければ何を言っているのかさっぱりわからないし、あったらあったで冗談にしか聞こえない。

黙り込んでしまった私の隣で伊瀬君は軽く首を回すと、だったら、と新しい文章を打ち込み始めた。

「多重解析で貴方の心の安全値がわかれば――……」

「待って待って！　一度数学から離れようよ！」

放っておくとまたこめかみの痛くなるような文面が並んでしまいそうで、私は思わず伊瀬君の肩を摑んでそれを阻止した。

伊瀬君の手がピタリと止まり、肩越しに私を振り返る。眼鏡の向こうから、感情の窺えない目がジッとこちらを見上げてきて、私は初めて伊瀬君の体に自分が触れていることに気がついた。

しまった、と思って、慌てて手を外そうとして、でも急に動いたら不自然だろうかとか、だからってこのままだと伊瀬君に手を払いのけられるだろうかとか、取り留めのないことを考えているうちに私はどんどん伊瀬君の肩から手を外すタイミングを失っていく。

薄いシャツの布越しに触れた伊瀬君の肩は、その細い指や繊細な横顔に反して意外な逞《たくま》しさでそこにあり、若いなぁ、としみじみ思っていたらふいに肩先が動いた。

伊瀬君が椅子を回してこちらを向く。伊瀬君の肩に手を置いていた私はその動きにつられて前につんのめりそうになったがギリギリで耐え、やっとのことで伊瀬君から手を離すことができた。

対する伊瀬君は私が彼の肩に手を置いていたことも、自分が椅子を回したことで私が体勢を崩したことも気にかけていない様子で、私を見上げ、こう言った。

「だったら、どう書けばいいのか教えてください」

まだ伊瀬君の体温がぼんやりと残っている掌《てのひら》を無意味に閉じたり開いたりしていた私は、とっさに伊瀬君の言葉を捉《とら》えかねて首を傾げる。

二度同じ言葉を言うつもりはないらしい伊瀬君の前で、数秒ほど黙り込んでいただろうか。

恋文の書き方を指導して欲しい、と伊瀬君が言っていることに気づいて、私はねじ切れんばかりに首を左右に振った。

「む…っ…無理だよ！　私だって恋文なんて書いたことないんだから……！」

「書いたことはなくても、僕の手紙を読んで何かがおかしいことはわかったのでしょう」

伊瀬君はパソコンに残った自分の恋文に視線を向け、ごく小さな溜め息をつく。

「……残念ながら、僕にはこの文章のどこがいけないのかよくわかりません」

だったらなおさらのこと自分が教えられることはないと思った。論理学と線形代数学と統計学を駆使したこの恋文が真っ当だと思うような感性の持ち主に、一般的な恋文など書かせられるわけがない。

謹んで辞退させてもらおうと思った。大体にして私は伊瀬君が怖いし、できることなら極力関《かか》わり合いになりたくないし。

絶対に断ろうと思った。そう、思っていたのに。

「教えてください、春井先生」

伊瀬君が、私を見る。真っ直ぐに見上げる。侮蔑も軽蔑もない視線で。

先生と呼ぶその声に、いつものような微妙な響きは含まれていない。

学生に先生と呼ばれるのも、教えを乞われるのも当然のことなのに、なまじ普段の伊瀬君が私に落胆の眼差しばかり注ぐものだから。だからうっかり、ついうっかり。

気がつけば私は小さく頷いて、伊瀬君の恋文指導を引き受けることになっていたのだった。


「おーい！　全員揃ってるかー！」

夏の青空の下に男子学生の張りのある声が響き渡る。続いて、周囲から低い応《いら》えが上がった。皆パンパンに膨らんだリュックサックや肩かけ鞄《かばん》を持って、真上から降り注ぐ強い日差しにへこたれる様子もなく快活に笑っている。

私はといえば、持ってきたボストンバッグを地面に置いて、それを椅子代わりにしてこの場にへたり込んでいた。まだ宿に着いたばかりだというのに、暑さで目が回ってしまった。

「春井先生ってばもうグロッキーじゃないですかー」

隣に立つ松田君が楽しそうに声を立てて笑う。彼も丸々とした顔一杯に汗をにじませているものの至って元気だ。そういえば松田君は学生の頃も、夏合宿となるとやけにテンションが上がっていた。

今日から三日間、我が春井研究室は夏合宿に突入する。私の周りで賑《にぎ》やかに笑っているのも、総勢十七名になる研究室のメンバーだ。

経営工学部では毎年、夏休みの終わりに研究室ごとの夏合宿を行う。ゼミを受講している三年生と四年生、それから院生が対象で、都内からそう遠くない避暑地に宿をとり、二泊三日で夏季課題発表や卒業論文の中間発表を行うことになっている。

とはいえ夏合宿のメインは発表の合間に行うバーベキューや飲み会の方で、四年生と院生にとっては卒論の息抜きだし、三年生にとっては研究室の雰囲気をよりよく知るためのレクリエーションと化しているのが現実だ。

今日はこれから宿の大会議室を貸し切って、持参したプロジェクターとノートパソコンを使い三年生の夏季課題発表を聞く予定になっている——のだが、いったい何人の学生が休みの間に課題に取り組んだことだろう。ろくな発表会にならないだろうなぁ、と私は空を仰いで喘《あえ》ぐように息を吸った。九月の空気は熱く湿っていて、呼吸のたびに喉が焼けつくようだ。

額の上に手を翳《かざ》し、バスの止まっただだっ広い駐車場を見渡した。コンクリートからゆらゆらと立ち上る陽炎《かげろう》の向こうには、古びているが趣のある三階建ての旅館があり、その背後をぐるりと低い山が囲っている。

もう長いこと、夏合宿のたびに春井研究室が世話になってきた宿だ。宿の裏手を囲う山の向こうには海が広がっていて、ハイキング気分であそこに登る宿泊客も多いと聞く。

今年は時間を見つけて散歩に行ってみようか。目を瞑《つぶ》ってそんなことを考えていたら、瞼《まぶた》の裏をフッと黒い影が過《よ》ぎった。

右から左へ流れていった影を追うように、私は瞼を開けて視線を動かす。

見れば、ちょうど伊瀬君が私の前を通り過ぎていったところだ。

伊瀬君は細身のジーンズに白いシャツを羽織り、黒のデイパックを右肩にかけている。休みの間外で遊び回っていたのだろう他の学生たちが真っ黒に日焼けしている中、伊瀬君だけがやたらと白くて私は目を眇めた。まるで漂白されたようだ。ワイシャツから覗く腕も、横顔も、石膏《せっこう》のように白い。夏だというのに。季節を見失いそうなくらい。

黒い髪、白い横顔、黒のバッグ、白いシャツ。強烈な白と黒の対比でそこに立つ伊瀬君は、私の視線に気づいたのか、振り返ってこちらを見た。

いつ見てもどきりとする。人の顔にも黄金比があるらしいが、まさしくそれなんじゃないかと思うくらい狂いのない伊瀬君の顔。それが、私と目が合った途端眉を吊り上げた。

「何を呆けたような顔をしているんです、センセイ」

わずかも人を尊敬していないような声で、あてつけのように先生などと呼ばれ私は慌てて立ち上がる。伊瀬君は私の尻の下に敷かれていた古ぼけて大きなボストンバッグを見下ろし、たかが二泊三日の旅行でいったいどれだけの荷物を持ってきたのだと言わんばかりに眉根を寄せてから踵を返した。

「もう皆とっくに宿に移動してます。ぼんやりしていると置いていかれますよ」

言われて初めて、広い駐車場にはもう私と伊瀬君の姿しかないことに気がついた。他の学生は、とうに宿に向かって歩き始めている。

「い、行くなら行くって言ってくれれば……」

「言いましたよ、移動、と。どれだけ遠くに意識を飛ばせばあの大きな声が聞き逃せるのか不思議なくらいです」

私とは対照的に小さなデイパックを肩にかけた伊瀬君は、身軽に宿へ向かって歩き出してしまう。あっという間に遠ざかるその背を見ながら、私はこっそり溜め息をついた。

伊瀬君に恋文の添削指導をして欲しいと言われてから、なんだかんだと三ヶ月近く経過していた。だが、実際にはあれ以降彼の恋文を見るどころか、恋文の話題にすら触れていない。

あの後すぐに私は前期の期末試験を作る仕事で手一杯になってしまったし、やっとそれが片づいたと思ったら今度は伊瀬君が試験勉強にかかりっきりになってしまった。試験が終われば今度は長い夏休みが待ち構えていて、二ヶ月に及ぶ長期休暇の後、今日久し振りに顔を合わせたところなのだ。

私は重いバッグを引きずるようにして歩きながら、もう前の集団に追いついてしまった伊瀬君を目で追って、今度は遠慮なく大きな溜め息をついた。

これだけ時間が空いてしまったら恋文の話を持ち出すタイミングなんてわからない。時間が経過するほどに、あのとき研究室で伊瀬君と恋文の話をしたことが夢か幻のように思えてきてしまう。そうなると、私から口火を切る勇気なんてとても湧《わ》いてこなかった。

けれど、あのとき私を見上げて『教えてください』と言った伊瀬君は、私の方がたじろぐくらい切実に見えた。先生、と私を呼ぶ声には、微塵の余裕もないように感じられた。

あの思い詰めた目を、なかったことにすることなんてできない。にもかかわらず、伊瀬君は自分からは恋文の話をしない。

いいのかなぁ、いいわけないよなぁ、とグルグル考えながら私はバッグを背負い直す。

伊瀬君の姿は、もう陽炎の向こうに揺れてよく見えなくなっていた。


パァンと何かが弾《はじ》けるような音の後、快晴の空に白いボールが高く舞い上がる。地上で大きな歓声が上がり、コートの上をいっせいにバタバタと走る靴の音が重なる。

フェンスの向こう、広いコートを縦横無尽に駆け回る研究室の生徒たちを、私はぐったりとベンチに座って見ていた。

合宿二日目。今日もよく晴れていて、空には雲の切れ端すら浮かんでいない。

昨日、午前中に宿に着いた我々はすぐに三年生の夏季課題発表に取りかかり、途中で昼食を挟んで夕方五時まで延々と発表を続けた。夕食は宿から程近い場所にあるバーベキュー広場まで足を伸ばし、宿に戻って解散したのは夜の八時頃だ。私はそのまま部屋に引き上げてしまったが、生徒たちは酒盛りでもしていたのだろう、今朝《けさ》、食堂で見た彼らの顔には、まだ微かに気だるい酒宴の名残《なごり》が残っていた。

二日目の今日は四年生の卒論中間発表に突入したのだが、広い会議室を見回せば、発表者以外はほとんどが机に突っ伏してうたた寝していた。

それなのに、どういうわけだろう。

昼食の後、レクリエーションと称して宿の敷地内にある大きなコートへやってきた途端、会議室であれだけ眠そうにしていた彼らの顔つきが変わった。先程までとは別人のように生き生きとフットサルなど楽しむ学生たちを見て私は頭を抱えたくなる。

午後からは四年生の発表に戻るわけだが、きっとここで体力を消費した彼らはまたプロジェクターの明かりだけが灯《とも》る薄暗い部屋でうたた寝を始めてしまうのだろう。

眠くなる気持ちもわからないではないのだけれど、と私は額ににじんだ汗を拭《ぬぐ》った。

昨日の三年生の課題発表は、正直ひどかった。前期にゼミで勉強した人工推移ソフトの総復習を兼ねた課題だったのだが、まともな発表がほぼなかったのは残念だ。

人口推移ソフトとはその名の通り、人口の増減に関わる様々なパラメーターを調整することで、将来どのように人口が変化していくかを予測するソフトだ。操作できるパラメーターは、出生率や死亡率など人口増減に直結するものの他に、農耕面積や漁獲高、食料自給率に就職率など多岐《たき》にわたる。

学生たちに与えた課題は、自分が世界政府になったとして、百年後にどんな世界を作りたいかをシミュレートする、というもので、それにはまず土台となる現実の世界情勢を反映したプログラムを作らなければならないのだが——その土台部分がまともにできていなかった学生のなんと多かったことか。

プログラム自体がそんな有様だから発表の練習などしているわけもなく、学生たちは皆しどろもどろでいったい百年後にどんな世界を作りたいのかもよくわからなかった。

こんなことだから——……と私は両手で顔を覆う。長く日差しに晒《さら》された頬が熱くて、溜め息が掌にぶつかり温《ぬる》く跳ね返った。

こんなことだから、うちの研究室は落ちこぼれの避難所などと呼ばれてしまうのだ。

こういうとき、私は自分の指導力不足を痛感していたたまれない気分になる。もっと私がわかりやすく生徒たちにプログラムの成り立ちを教えることができていれば。前期のゼミで私の教えようとしたことがきちんと彼らに届かなかったから、こんな結果になってしまった。

力なく膝《ひざ》に肘をつくと、私は指の隙間からフェンス越しにコートを眺めた。

皆笑顔で、広いコートを跳ねるように駆けていく。

あんな顔、ゼミの時間には一度もさせてあげることができない。自分のふがいなさにまた唇を溜め息が掠めたそのとき、すぐ側《そば》でジャリ、と砂を踏む音がした。

松田君かな、と思った矢先、指の隙間で松田君のコロコロと丸い体がボールと共に弾んでいくのが見えた。さっきまで私と一緒に見学していたはずなのに、いつの間にか学生に交じってコートに入ってしまったらしい。

だったら誰だろう、と首を巡らすとふいに視界が翳《かげ》った。

夏の日差しを遮ったのは長身の影。視線を上げて、私はビクリと肩を震わせてしまった。

そこに立っていたのは、伊瀬君だ。

伊瀬君は私が肩先をびくつかせたのを見逃さず、軽く眉根を寄せる。

「なんです、鬼か獣にでも会ったような顔をして」

鬼とはなんて的を射た、などと言えるはずもなく、私は曖昧に笑って口を噤《つぐ》んだ。こういうとき、余計な言い訳をすると事態が悪化するのは長年の経験から実証済みだ。

伊瀬君は胡乱《うろん》な反応の私に遠慮なく溜め息をつくと、頬を伝う汗をシャツの肩口で拭った。

「こんな所でぼんやりと座っていたら暑いでしょう。宿のロビーで休んだらどうですか」

「いや、でも……一応私、責任者だからさ……」

「小学生じゃないんですよ。それに、現場監督なら松田先生に任せればいいのでは？」

うん、と頷いて、私は軽く目を伏せる。松田君を呼ぶときは、伊瀬君はごく自然に『先生』と口にするのだな、と思いながら。私を先生と呼ぶときは、どこか複雑な感情が入り混じる声を出すくせに――……。

「帽子もかぶらず、水分もとらずにこんな所にいたら熱射病になりますよ」

言いながら、伊瀬君が私の隣に腰を下ろした。

前触れもなく、いきなり伊瀬君の体が近づいて私はギクリと硬直する。三人がけのベンチは二人が座る分には程よく互いの距離が保たれるはずなのに、どういうわけか右手側から伊瀬君の気配が濃厚に漂ってきて私は落ち着かない気分になる。松田君が隣に座っていたときは、特に何も感じなかったのに。

そわそわと膝の上で指を組み替えていると、ベンチの上に何かが置かれるような振動が走った。なんだろう、と視線を向ければ、私と伊瀬君の間に二本のペットボトルが置かれている。宿のロビーにあった自動販売機で買ってきたのだろうスポーツドリンクのボトルを見て、私は思わず頓狂《とんきょう》な声を上げてしまった。

「伊瀬君、私に飲み物買ってきてくれたの⁉」

「違います、両方僕のです」

「えぇっ！　だって二本……！」

伊瀬君はフェンスの向こうを見詰めたまま、私には目もくれずボトルに手を伸ばした。

「さっきゲーム中に足をひねったんです。だから、こちらは冷却シート代わりに使います」

伊瀬君は右膝の上に左の足首を乗せるようにして脚を組むと、剝《む》き出しの足首にペットボトルを押し当てた。もう一本はまだ私と伊瀬君の間に置かれたままだが、後で飲むつもりなのだろう。外側にうっすらと水滴のにじむそれを横目に、私はすごすごと前を向く。まぁ、普通に考えれば伊瀬君が私のためにわざわざ飲み物なんて持ってきてくれるはずがないのだ。私をまともに『先生』とすら呼びたがらないくらいなのだから。

「……足、大丈夫なの？」

尋ねると、ええ、と短く答えて伊瀬君は黙り込んだ。どうやら伊瀬君は足の痛みが引くまで休憩するつもりでここへ来たらしい。別段、私に用があるわけではなく。

フェンスの向こうで歓声が上がる。誰かがゴールを決めたようだ。フットサルとサッカーの違いが未だによくわからない私は、笑顔で手を叩き合う学生たちを漫然と眺めた。

午後の研究発表のときも、今の半分でもいいから楽しそうな顔をしてくれればいいのに。笑いひとつ起こらない、どこからともなく寝息の響く会議室。思い返して憂鬱《ゆううつ》になりかけたところで、そういえば昨日は一度だけ笑い声が上がったな、と私は思った。

いつだったろう、と首をひねって、あ、と私は小さな声を漏らす。

「——……君の発表のときだ」

「何がです？」

独り言のつもりだったのだが、しっかり伊瀬君の耳に届いてしまったようだ。私は慌てて口を噤んだが時すでに遅く、横顔に伊瀬君の視線を感じてへどもどと呟いた。

「君の、昨日の発表タイトル……」

「ああ……世界満腹化計画ですか」

伊瀬君がいつもの淡々とした声で言うから、私は小さく吹き出してしまう。

発表に際して、百年後にどんな世界にしたいのか、その計画がわかるようなタイトルをつけてくるよう学生たちに言い渡してあったのだが、伊瀬君のタイトルはやたらと直球で面白かった。発表も終盤近く、部屋中にだれた空気が漂っていたというのに、伊瀬君がこの計画名を口にした途端、何かが爆発するような勢いで笑いが起こった。普段は真面目な伊瀬君が言ったからこそあんなに面白かったのかもしれない。

「またおかしな計画を立てたよねぇ」

「あの計画名は僕がつけたんじゃありませんよ、小松平《こまつだいら》です」

「あぁ、小松平君。彼らしい」

私は目を細めてフェンスの向こうに小松平君の姿を探す。柔道部主将の小松平君は坊主頭で体が大きく、大勢の中でも目を引いた。一瞬強面に見えるが、笑うと顔がくしゃくしゃになる。声が大きく冗談が好きで、三年生のムードメーカー的存在だ。

「小松平が、とりあえず腹が満ちていれば皆幸福だ、なんて言いながら世界満腹化計画を立てたんです。でもパラメーターの調節が上手くいかないからと投げ出してしまったので、計画を拝借させてもらいました」

「そうかぁ、食料満足率を上げるのはちょっと難しいからね。各要素の絡まり方が複雑で」

にもかかわらず、伊瀬君はたった百年で世界の食料満足率を現在の二倍以上にまで跳ね上げてしまった。あれを見たときは、やっぱり伊瀬君は優秀だ、と改めて思ったものだ。他の生徒が適当にパラメーターを弄《いじ》ってなんとかそれらしい数値を出しているのに対して、伊瀬君はパラメーターごとの繋がりをしっかり把握しているようだった。

あてずっぽうではなく、理論に裏打ちされた綺麗な流れをプログラムの中に組み込んでいるな、と思ったら、その精密さには私でさえ溜め息が出た。

「たった百年で全体の食料満足率をあそこまで引き上げるなんて、きっと私にもできない」

呟いて、私は伊瀬君の発表を思い出す。目を眇めると、地面から跳ね返る眩《まぶ》しい日差しの中に、プロジェクターに映し出されていた各パラメーターのグラフが瞬《またた》いた。

「でもパラメーターの数値変移を見ると、農地面積や漁獲高が上昇する前に食料満足度が上がっていたよね。……反比例して人口が落ちてた」

食料の生産量が変わらないのに上昇する食料満足度。グラフ上で、緩やかに下降する人口。

そこで起こっているだろう事態に私は思いを馳《は》せる。

世界の食料満足度を限界まで上げようとする政府と、減っていく人の数。パソコンの中でカタカタと回る、小さな架空の世界の出来事。

目の奥で、伊瀬君の作り上げた世界が色を伴って建ち上がった。

「——……君の政府は、下層の人たちを切り捨ててしまったんだね……」

伊瀬君の作る百年後の世界は、今と同じ食糧生産量で、今より食料満足度が上がっている。同時に人口が減っているというそれはつまり、貧困層や途上国を切り捨てて、裕福な人々だけが世界に残ったということなのだろう。

淋しいなぁ、と私は思う。それはなんだかとても薄ら寒い世界だ。百年後、世界中の人々は皆満たされて、でもその百年の間に、あまりにもたくさんの人が地球から消える。

「人口は現状より増やさないようにキープしながら、漁獲高と農地面積をもう少し上げられればよかったね。それと、就学率をもう少し上げてもよかったかもしれない。途上国の就学率を上げられれば、国が豊かになって食料満足度も上がったかもしれないよ」

「……あのソフトに、途上国なんて概念は組み込まれていなかったはずですが」

「あぁ、まぁ国ごとの調整はできないんだけどさ、世界規模で就学率が上がるってことは結局途上国のそれが上がるってことじゃないか。先進国はもうほとんど就学するのが当たり前になっているんだし」

だからね、と続けようとして、はたと私は口を噤んだ。

伊瀬君が、隣で黙り込んで何も言わない。

私は背中にじっとりと嫌な汗が浮かぶのを感じる。しまった、と思ったがもう遅かった。

別に伊瀬君の発表に難癖をつけたかったわけではないのに。食料満足度を極限まで上げようとした彼の試みはちゃんと成功していたのに。

「いや……あの、どうせだったら、貧困層を切り捨てるよりさ、引っ張り上げる方向で満足度を上げられれば、それもいいかなって……」

私は伊瀬君の顔を見られないまま、真正面を向いてもごもご口の中で呟いた。けれど伊瀬君は何も言わない。その沈黙が怖い。余計なことを言うんじゃなかったと顔が引きつる。

次いで、どうして教授が一生徒相手にこんなにもビクビクしなければならないのかと、我がことながら頭を抱えたくなった。

「……あのプログラムは、単純なアルゴリズムの積み重ねです」

私がダラダラと冷や汗を流していると、ふいにぽつりと伊瀬君が呟いた。

「あるパラメーターを動かすと、全体に一定の変化がもたらされる。たくさんの歯車が嚙《か》み合って動いているようなもので、からくりさえわかってしまえば目的の形を作るのは容易《たやす》い」

ふいに、正面から風が来た。フェンスの向こう、フットサルコートのさらに奥、宿を後ろからすっぽりと抱くように広がる山から吹き下ろしてきた風だ。冷たい風が私の汗を吹き飛ばし、それと同じ涼やかな声で、伊瀬君は言った。

「僕はソフトの仕組みを理解することはできても、あのプログラムの向こう側で世界がそんなふうに動いているなんて、想像することもできなかった――……」

伊瀬君の言葉の端を風がさらう。声ににじんだ感情も拭い去られ、私は伊瀬君がどんな顔をしてそんなことを言っているのかわからない。確かめようとそっと視線を動かしたら、同時に頬にひやりと冷たいものがぶつかった。

「ひゃぁっ！　うわっ、な、何…っ…」

長い時間日差しに晒され火照った頬にそれはあまりに冷たくて、私は素っ頓狂な声を上げてあたふたと掌で頬を押さえる。すると、今度は膝の上に何かが放り投げられた。

スラックスの布越しにひんやりとした感触が伝わってきて、恐る恐る見下ろせば、それは先程まで伊瀬君と私の間に置かれていたペットボトルだった。

えっ、と目を瞠《みは》って伊瀬君のいる右隣を見ると、伊瀬君はもうベンチから立ち上がって私に背を向けようとしている。私はペットボトルを取り上げて慌てて伊瀬君を呼び止めた。

「えっ、い、伊瀬君、これ――…っ…」

「差し上げます。お喋りをしていたらすっかり温くなってしまった。飲む気になれません」

「あっ、でも、足は？」

伊瀬君が肩越しに私を振り返る。こちらを見下ろした伊瀬君はいつもの淡々とした無表情で、私が風の隙間に一瞬感じた感情の起伏もすでにどこかへ消え去っている。

伊瀬君は今度こそ私に背を向けると、すたすたと歩きながら言い捨てた。

「仮病です。少しサボらせてもらいましたが、そろそろ終わるようなのでもう行きます」

「け、仮病…っ…？」

本当に？　と尋ねようとしたら、唐突な強い日差しが私の目を貫いた。

眩しさに私は目を瞬かせる。額の上に手を翳すと、コートに戻る伊瀬君の長い影がベンチから離れていくのが見えた。どうやら伊瀬君が隣に座ってくれていた間、あの長身が日除け代わりになっていたらしい。

ジリジリと肌を焦がす日差しに再び晒された私は、伊瀬君が置いていったペットボトルを見下ろし、大分迷ってからキャップを外した。

長く汗をかき続けていたせいですっかり喉が渇いていて、私は一気にボトルの中身を喉に流し込む。伊瀬君は温くなってしまったと言っていたが、喉を落ちる水はまだ震え上がるほど冷たいままだ。

一息で半分ほど飲み終えると、コートに戻った伊瀬君を目で追った。伊瀬君は本当に仮病だったらしく、他の生徒に交じって身軽にコート内を走り回っている。

どうせなら、もう少しサボっていけばよかったのに。

フェンスの向こう、いつもの無表情で目の前を横切っていく伊瀬君を見ながらこっそりと私は思い、次いでそんなことを思った自分に驚いた。

だって伊瀬君はあんなにも怖いのに。私を軽蔑しているし、先生扱いもしてくれないのに。

でも、どうしてか今はフェンスの向こうに行ってしまった伊瀬君を傍らに連れ戻したい気分だった。我ながら、本当に不思議なことに。

ベンチに腰掛ける私の影が伊瀬君を追うように長く伸びる。

太陽はもう、西に傾きかけていた。

私たちが世話になっている旅館には、温泉やレストランの他に会議室や宴会場も幾つか用意されている。宴会場は部屋によって広さや設備も様々なのだが、今回私たちが借りたのは二十畳ほどの畳敷きの宴会場だった。

カラオケ機器もステージも何もない、長テーブルだけが並ぶ部屋の床の間の前に学生が立つ。今年で院生一年目、今回の夏合宿の幹事でもある村瀬《むらせ》君が、手にした缶ビールを高々と掲げて声を張り上げた。

「それでは！　我が春井研究室のますますの発展を願いましてー……」

村瀬君がビールを持った手を後ろに引く。その体勢のまま十分な間をとって、村瀬君は中身がこぼれるんじゃないかと思うくらい力一杯腕を振り上げた。その動きに合わせ、乾杯！と部屋の空気を揺るがすような威勢のいい男子学生たちの声が続く。

ビールを喉に流し込むと、拍手と歓声が上がった。お疲れ、お疲れ、と誰彼となく肩を叩き合う学生の姿を部屋の隅で見守りながら、私は苦笑を禁じ得ない。

合宿二日目の夜。三年生の夏季課題発表と四年生の卒論中間発表は終了したが、まだ明日は院生の発表が控えている。にもかかわらず、学生の大半はもう肩の荷が下りたという表情だ。当の院生たちも、くつろいだ様子でテーブルの上の大皿に箸《はし》を伸ばしていて、今更後輩相手の発表で緊張することもない、といったところか。

私はチビチビと苦いビールに口をつけながら、時折テーブルの上の枝豆に手を伸ばしたりして時間を潰《つぶ》す。元よりあまりアルコールには強くないし、学生たちほど旺盛《おうせい》な食欲もない。さらに言うなら一回りどころか二回り以上も年の違う若者と話が合うはずもなく、共通の話題があるとしてもそれは学問や研究に関することばかりで、こういう酒の席にはそぐわない。

だから研究室の飲み会では、私はこうして部屋の隅で大人しく酒を舐《な》め、頃合いを見計らって席を立つのがほとんどだ。

今日は何時くらいに部屋に戻ろう。そんなことを考えつつ、私は宴会場をぐるりと見回す。日中、丸七時間も発表を行い、ついでに汗だくになるほどフットサルにも興じていたくせに、学生たちの顔には疲労の色がほとんど見られない。これが若さかなぁ、としみじみ感じながら視線を動かしていくと、斜め前のテーブルに伊瀬君の姿を見つけた。

宴会場には長いテーブルが四つ置かれていて、私は入口に一番近い席に腰を下ろしている。伊瀬君は床の間に近い方、私から見て斜向かいのテーブルに座っていて、人と人の隙間からでも整った相貌《そうぼう》がよく見えた。

伊瀬君のテーブルには三年生が固まって座っているようだ。気心知れた級友に囲まれ、周りが急ピッチで酒を呷《あお》っているというのに、伊瀬君だけは浮かれることもはしゃぐこともなく静かにビールを口に運んでいる。

自制心の塊のようだ。それとも、私と同じように伊瀬君も大勢の人間と大騒ぎをするのが苦手なのか。けれどそのわりには、伊瀬君は他の学生に声をかけられると気楽に何事か受け答えしているようで、やはり私のように他者とつき合うのが難しいのとは違うようだ。

学生相手にしろ、よその研究室の教授相手にしろ、私はまともな会話というのができたためしがない。最初はきちんと話をしているつもりでも、いつの間にかゆっくりと歯車がずれて、最後は大抵噛み合わなくなっている。私がそれに気がつく頃にはもう会話は修正不可能なところまでずれ込んでいて、往々にして相手は苛立った様子を隠せなくなっているから、私はいつだって話を放り出してその場から逃げ出してしまう。

どうにも、世間と私の間では流れている時間の速度が違うらしい。気がつけば私はいつも取り残されて、いろいろなものから置いてけぼりにされているのだ。

今も、私の座る八人がけのテーブルには、松田君と物静かな院生の三人しか残っていない。その上松田君はそわそわした様子で隣の賑やかなテーブルばかり気にしているし、物静かな院生も私を気遣ってここにいてくれているようで、特に何を話すでもなくテーブルに並んだつまみを食べている。

これはもう、老兵は早々に退散した方がよさそうだ。

私は飲みかけのビールをぐいぐい喉に流し込むとその場に立ち上がった。

「それじゃあ、私はそろそろ部屋に戻るから。明日は十時から院生の発表だから、遅刻しないようにね」

一応部屋に向かって声を張り上げると、そこここから「はーい」と子供じみて陽気な返事があった。言葉の内容まで理解しているかは疑問だが、これで役割は果したとばかり、私は松田君に後を任せて部屋を出る。

廊下に出て後ろ手でふすまを閉めると、途端に堰《せき》を切ったような歓声が上がった。ような気がした。思い違いかもしれないけれど。

まぁ、お目つけ役がいては羽目も外せないからね、と胸の内で呟いて、私はペタペタとスリッパの音を響かせ宿の廊下を歩く。

時刻はまだ夜の九時になろうかという頃だが、今日はこのまま風呂《ふろ》に入って眠ってしまおう。そう思いながら宿のロビーを横切ったとき、私はふと足を止めた。

小ぢんまりとした土産《みやげ》売り場が併設されたロビーに、コンビニのレジ袋をぶら下げた客が入ってくる。自動ドアの向こうから冷房でキリキリと冷やされたロビーに外の温い空気が吹き込んできて、濡《ぬ》れた土と草の匂《にお》いが鼻先を掠めた。

私はしばらく外の闇《やみ》に目を凝らしてから、ふいに思い立って外へ出ることにした。

この旅館は背後を小高い山に囲まれていて、その向こうには海が広がっている。山の頂上には小さな神社があって、そこから見る海の景色《けしき》はなかなかのものだといつか宿の従業員が教えてくれたのを思い出したのだ。それで、自分にしては珍しく行動的になって宿を出た。

——……もしかすると私は、少しだけ面白くなかったのかもしれない。

だってせっかくの夏合宿なのに、夏休みなのに。学生たちはあんなに楽しそうに宴会場ではしゃぎ回っているというのに、このまま部屋に帰って寝るだけというのがつまらなかったのかもしれない。

自分から逃げるように宴会場を出たくせに、わがままな子供のようだ。

自分自身に苦笑して、私は宿の裏手へ回る。裏には玉砂利の敷き詰められた小さな庭があって、庭の奥には山へと続く石段が伸びている。裏庭は宿の本館と浴場を繋ぐ渡り廊下に面していて、宿から漏れる明かりでぼんやりと明るかった。

頭上を見ると随分と暗く、山頂へ至る道に外灯は立っていないらしい。

それでも私は階段を上る。宿の人間は頂上まで十五分程度だと言っていたし、どうせ一本道だろう。多少足元が暗くても問題ないと思った。

そんなふうに気楽に山に挑む者が、往々にして遭難するという道理も知らずに。

耳を澄ますと木々のざわめき。足の裏で感じるのは剝き出しの赤土。目を凝らせど闇が広がるばかりで、月光を求めて頭上を振り仰いでも生い茂る木の枝が空さえ隠している。

そろそろ山頂に着く頃かな、と荒い息の下で考えるが、どうにもその気配がないのはなぜだろう。大地はいつまでも緩やかな斜面が続き、下ることもなければ平らになることもない。

山に入ってからすでに大分時間が経《た》ち、私はまんまと、暗闇で迷子になっていた。

「……い、一本道じゃなかったのかな……？」

沈黙に耐えきれず口にしてみるが、当然返ってくる言葉はない。

長く暗い山道を歩いているうちに、私は自分のいる場所がわからなくなってくる。ここは本当に宿の裏山なのか。確か宿の人間は、十五分程度で山頂に辿り着く、丘と呼んでも差し支えない程度の低い山だと言っていたのに。

まさかこの一年で山が急成長を遂げ、やたらと高度を増したのか。それとも山頂へ至るルートが変わって、以前はふもとから一直線だったのが今は螺旋《らせん》階段を上るようにグルグルと旋回しながら頂上を目指すようになったのか。

だってもう三十分は登っているんじゃなかろうかと腕時計に視線を落とすが、何分灯《あか》りひとつない山の中。秒針がカチカチと動くだけの腕時計が今何時を指しているのか、判断することは難しかった。

しかも、間の悪いことはさらに続く。

暗闇に真空パックされてしまった錯覚に陥りながらへろへろと山を登る私の頬を、ふいに冷たい雨が叩いたのだ。

勘弁してよ……！　と胸の内で叫んでみたところで状況の悪化に歯止めはかからない。最初の一粒が当たったと思ったら、ぱたぱたと次々に雨粒が降ってくる。私はその場で立ち止まると前屈《まえかが》みになって両膝に手を置いてしまった。

なんてことだ。というか、どういうことだ。山の木々は頭上を覆うほど生い茂り、月の光一筋漏らさない鉄壁の防御壁に見えて、雨の粒は易々と通すのか。

いや、そうではなく最初から月は出ていなかった？　だから山道はこんなにも暗く、現在ばたばたと大粒の雨が降り注いでいるのか。

——……そんなことが今わかったところでどうだというのか。

私は膝に手をついたまま動けない。何をしたかったのか、最早自分でもよくわからなかった。ただ少しだけ、合宿最後の夜にほんの少しだけ心浮き立つようなことをしたかっただけだったのに。

学生たちの熱気に当てられ、年甲斐《としがい》もなくはしゃいでみたらこの様だ。やっぱり大人しく部屋に戻っていればよかった、と降り注ぐ雨に背中を濡らされながら思っていると、ふいに背後でガサリと大きな音がした。

雨粒が落ちて草に当たるのとは違う、もっと大きなものが草をかき分けるようなその音に、私の体が硬直する。闇の中で目を見開いて瞬《まばた》きをするが、暗がりでは何も見えない。

いや、気のせいかな……？　とギクシャク背中を伸ばすと、再び背後で物音がした。しかも、音の出所が先程より近い。

ドドドッといっぺんに心拍数が上昇した。

おかしい。十五分ほどで頂上に辿り着いてしまうようなこの小さな山には、熊も猪《いのしし》も出なかったはずだ。だったら、私の他に登山者がいたということだろうか。

でも、こんな夜に？　明かりもない山に？　雨の中を？

そんなことを言っている自分が筆頭で夜の山を登っていることも忘れ、私は息を殺して背後の気配を窺う。カサリと草を踏む音が聞こえた気がした。いや、木の枝から落ちた水滴が草を叩いた音だろうか。

獣ではない、登山者でもない。だとしたら、先程の音はなんだろう。

まさか――妖怪《ようかい》？

……自分でも、なぜそんなことを思ってしまったのかわからない。けれど、思った途端背筋に鳥肌が立った。

そうだ、妖怪。あり得る。私はいつの間にか妖怪に魅入られて、小高い山を登っているつもりで実は異世界へ連れ去られてしまったのかもしれない。その証拠に、いつまで歩いても山のてっぺんに到着することができないではないか。

ということは、背後にいるのは、人ではないもの――……。

そこまで考えたところで、生暖かいものがガシッと私の肩を摑んで、私はもう、本当に本当に、心臓が爪先まで落ちて跳ね返り、喉から飛び出したかと思うほど驚いた。

「――……っ……ひぎゃぁぁあ――っ！」

闇に覆われた森の中に、私の渾身《こんしん》の悲鳴が響き渡る。それまで緊張と恐怖で硬直していた体が思い出したように動きを取り戻し、私は肩を摑んだ何かを闇雲に振り払おうとした。それなのに今度は必死で振り回していた右手を摑まれ、体の自由を奪われるのではないかという危機感に私は本格的な恐慌状態に陥る。

「ぅわあぁーっ！　わ、あぁあーっ！」

すでに言語は崩壊し、子供のように奇声じみた悲鳴を上げながら私は全力で体を押さえつけるものを突き飛ばした。が、思い切り掌を打ちつけたはずなのにすぐ側に立つ何かはビクともしない。

何これ、ぬりかべ⁉　とますます妖怪説に確信を得た私は、生温い抵抗では逆にやられると覚悟して片手を振り上げる。途中、拳《こぶし》の先を何かが掠め、軽く息を飲むような気配を感じた。

あれ、と思わず手が止まった。妖怪のくせに息を飲むとはやけに人間臭い、と。

そんなことを考えたおかげで攻撃の遅れた私の両肩がやおら強い力で摑まれる。しまった、と攻撃を再開しようとした次の瞬間、正面から突風が吹きつけてきた。

「いい加減にしなさい！　僕です！」

突風、と思ったのは実は怒声で、しかもその声には聞き覚えがあって、私は手を振り上げたまま、またしても動けなくなった。

だって今の声は、それに、あの口調は……。

「……い……伊瀬、君……？」

震える声で呼びかけると、返事の代わりに長い溜め息が返ってきた。

私は暗がりで一心に目を凝らす。落ち着いて見ればなんとか相手の体の輪郭くらいはわかった。枝葉の隙間から雨が流れ落ち、目に入る水を拭いながら私はもう一度その名を呼ぶ。

「い、伊瀬君、だよね……？　どうしたの、こんなところで――……」

「それはこちらの台詞です」

ぶっきらぼうだが今度はきちんと応えがあった。そのことに、私はひどく安堵する。ともすればその場にへたり込んでしまいそうになる私の肩を摑んだまま、伊瀬君は憮然《ぶぜん》とした口調で言った。

「早目に飲み会を抜け出して風呂にでも入ろうかと思ったら、渡り廊下から貴方がふらふらと山に入っていくのが見えたんですよ。こんな夜更けに何事かとついてきてみれば……」

「え、心配してくれたの？」

「行方《ゆくえ》不明になられて、明日、炎天下の中で貴方を探すのはごめんですからね」

帰り時間が遅れます、とぴしゃりと言って、伊瀬君はやっと私の肩から手を放した。

これでも一応研究室の教授なのに、伊瀬君はボロカスのように私を扱う。確かに、いい年をして山で迷子になるようなオッサンを扱《こ》き下ろしたくなるのもわからないでもないが。

「で、でも、伊瀬君に会えてよかったよ……！　何か、途中で道を間違えちゃったみたいで、全然山頂に辿り着けなくて――……」

気を取り直して私が明るい声を上げると、またしても伊瀬君が呆《あき》れたような溜め息をついた。

「別に、道を間違えてはいませんよ。山頂までは一本道です」

「えっ！　だってもう随分長いこと歩いてるよ⁉　宿の人は十五分くらいで着くって……」

「それは一般人の足で登れば、の話でしょう。運動不足の中年男ともなれば話は別です」

さくっとひどいことを言って伊瀬君が左腕を上げた。続いて、パッと暗い山道に青白い光が灯る。伊瀬君の腕時計の光のようだ。暗がりに慣れた目には微かな光も眩しくて私は目を眇めようとしたが、直前に思いとどまった。

闇の中で青白く浮かび上がる伊瀬君の顔は恐ろしく整っていて、それはもう、鬼火に照らされる妖《あやか》しの者のように美しくて、目が離せなくなったからだ。

言葉もなく伊瀬君の顔を凝視していると、伊瀬君は腕時計を鼻につくくらい顔に近づけて眉根を寄せた。

「……言うほど時間も経っていませんよ。貴方が山に入ってから、まだ二十分ほどです。山の中は目印になるものもありませんから、体感時間が狂ったんでしょう」

そう言って伊瀬君は腕を下ろし私を見遣る。が、何かが変だ。伊瀬君の目が泳いでいる。

――……違う、伊瀬君と目が合わない。

そこで初めて私は、直前に自分が伊瀬君に視線を奪われた本当の理由を悟った。

伊瀬君は、眼鏡をしていなかった。いつもかけている細いチタンフレームの眼鏡が、ない。伊瀬君の美貌を隠すものがなくなって、だから私は何度でも伊瀬君に目を奪われる。今も伊瀬君の顔に見とれたまま、私は小さく首を傾げた。

「伊瀬君、眼鏡は……?」

尋ねた途端、伊瀬君の顔が阿修羅のように険しくなった。それこそ本当に妖怪でも乗り移ったかのような形相にギャッと悲鳴を上げて私が後ずさると、伊瀬君は険しい顔のまま視線を地面に落とした。

「……落としたんですよ、今。貴方が暴れるから――……」

「え……あっ!　そういえばさっき――……!」

思い切り手を振り上げたとき、何かが拳の先を掠める感触があった。もしかするとあのとき伊瀬君の眼鏡を振り落としてしまったのか。

しまった!　と私は慌てて伊瀬君に駆け寄る。駆け寄るといってもほんの一歩、先程体を引いた分だけ、正しく歩幅一歩分だけ踏み出しただけなのだけれど。

グシャリ、と、足の下で何かがひしゃげる音がした。

「「え……」」

伊瀬君と私と、ほとんど同時に短い声を上げた。まさか、と私は恐る恐る踏み出した足を持ち上げる。その下から現れたのは、無残にもフレームの曲がった、伊瀬君の眼鏡だ。

「――――……っ！」

もう、悲鳴も上がらなかった。

私は片足を上げたまま、わぐわぐと顎《あご》を動かして伊瀬君を見上げる。何か言おうと思うのだけれど頭がついてこず、やっぱり顎ばかりが上下運動を繰り返す。

対して伊瀬君は、静かな顔で地面を見詰めて動かない。

人気《ひとけ》のない山道で、今この青年に殺意なんぞ抱かれたら本気で山に埋められかねない、と真っ青になる私の前で、伊瀬君はゆっくりと、どこか慎重にすら見える動作でその場に屈み込んだ。

腕時計の心許ない光の中、伊瀬君が濡れた指先をそろそろと地面に這《は》わせる。やがてその手が壊れた眼鏡にぶつかり、確かめるようにフレームをなぞると、伊瀬君はやっとのことで眼鏡を拾って立ち上がった。

「……ブリッジが曲がっていますね」

伊瀬君が眼鏡を顔に近づけると、右のレンズは目の上に、左のレンズは頬の上にくるくらいブリッジが曲がっていた。さらに言うなら左のレンズには亀裂《きれつ》が走り、右のレンズはあろうことか消えてなくなっていた。フレームから外れてしまったらしい。

「いいいい、伊瀬、君…っ…ごめ——……」

伊瀬君の眼鏡を思い切り踏んで壊してしまった。いったいどんな罵声《ばせい》が飛んでくるのか、どんな痛烈な嫌味をぶつけられるのか、ビクビクしながら身を固くして待っていると、予想に反して伊瀬君は小さな溜め息をついただけで眼鏡をジーンズのポケットにねじ込んでしまった。

「とにかく、一度山頂を目指しましょう。下るよりは早いでしょうから」

言葉と共に伊瀬君が私を見る。が、またしても視線は私を通り越し、どこか遠いところをさまよっている。目が合わないのだ。

しばらくして、ようやくのことで私はそれに気づく。

「伊瀬君……もしかして、何も見えてないのかい……?」

恐る恐る尋ねると、いきなりギッと伊瀬君に睨みつけられた。相手を射竦めるような鋭い眼光にうっかり身を竦めてしまったものの、よく見ると睨んでいるというより、目を眇めてなんとか私の顔に焦点を合わせようとしているらしい。

——……それにしても恐ろしい、と全身を強張らせて伊瀬君の視線を受け止めていると、しばらくして諦《あきら》めたのか、伊瀬君は眉間に皺を寄せたままゆるりと目を閉じてしまった。

「……裸眼では、ほとんど何も見えません。特にこんな薄暗い場所では――……」

語尾を溜め息で溶かして、伊瀬君は前髪から滴る雨粒を指で払った。

「山頂に着いたら先輩の携帯に連絡をしてみます。こんな足場の悪いところで携帯を落として見失ったら今度こそ命取りですし……この状況では、自力で下山するより助けを呼んだ方がよさそうです」

確かに、雨は相変わらず降り続け、足元も大分ぬかるんできた。暗い山道を私ひとりで下りるのも覚束《おぼつか》ないのに、物の見えない伊瀬君を連れて歩くのはますますのこと難しそうだ。

大人しく私が了承を伝えると、伊瀬君はスッと私の脇を通り抜け山道を登り始めた。

「山頂には神社があるそうですから、お社の軒下で雨宿りくらいできるでしょう」

「え、伊瀬君、神社のこと知ってるの……？」

「宿を出るとき、フロントで聞いたんです。なんの予備知識もなく山に入れるわけが――」

そこで唐突に伊瀬君の言葉が途切れ、私はギョッとして闇に目を凝らす。どうやら伊瀬君が濡れた土で足を滑らせ体勢を崩したようだ。あまりにいつもの調子で私の傍らを通り過ぎていくから見逃してしまったが、そういえば今彼は視力がひどく低下しているのだった。私は慌てて伊瀬君に走り寄る。

「い、伊瀬君……手を、貸そうか……？」

おっかなびっくり伊瀬君に片手を差し伸べると、濡れた前髪の隙間から、伊瀬君が無表情にこちらを見下ろしてきた。

いりません、とか、結構です、とか、馬鹿にしてるんですか、とか、今にも拒絶の言葉が飛んできそうな伊瀬君の酷薄な顔を見上げ、しかし一度差し出してしまった手を自分から引っ込めるわけにもいかず、私は居心地の悪い思いで返事を待つ。

すると、意外なことに。伊瀬君がスッと、片手を上げた。

「………お願いします」

木々の枝葉を叩く雨の音にまぎれてしまいそうな、彼にしては大変頼りのない小さな声で囁かれ、なぜだか私はどきりとする。その上私の手の位置が上手く捕らえられないのか、白い指先がぎこちなく宙を掻《か》いて、私はとっさに手を伸ばすと伊瀬君の指を強く摑んだ。

握り込んだ伊瀬君の指先は、驚くほど冷たい。力加減を忘れて思い切り握り締めてしまったというのに伊瀬君の指先は動じる様子もなく、ただ静かに私の手に預けられている。

同じように静かな瞳で見下ろされ、こちらの顔なんて見えていないはずなのにジッと目を覗き込まれ、私は急にどんな顔をしたらいいのかわからなくなって視線から逃れるように伊瀬君の前に出た。

「じ、じゃあ、山頂まで――……」

伊瀬君の手を引いて歩き始める。伊瀬君は大人しく私の歩調についてくる。

いつだって要領の悪い私を怒鳴りながらグイグイ引っ張っていく伊瀬君を、こんなふうに逆の立場で引っ張ることになるとは思ってもみなかった。

なんだか不思議な感じがする。いつも口うるさい伊瀬君が何も言わないのも妙な気分だ。私の歩調が遅いのも、時々躓《つまず》いて足元が危うくなるのも、気がついているだろうに何も言わない。

ただ、そういうとき伊瀬君はごく弱い力で私の手を握り返してきて、私の身を心配してくれているのだか、それとも私に任せておいたら自分まで遭難してしまうと不安に思っているのだが、わからないがそれは彼なりの意思表示のような気がして、言葉より素直なそれに私はいっそう、どんな強さで伊瀬君の手を握り返せばいいのかわからなくなり戸惑った。

沈黙を、雨音が隠す。ぱらぱらと草や葉を叩く音にひたすら耳を傾けながら、五分も歩いた頃だろうか。ようやく頭上を覆っていた木々が途切れ、開けた視界の向こうに小さな鳥居と神社が見えた。

「い、伊瀬君、着いた、よ」

ぬかるんだ道に足をとられないよう、伊瀬君の手を強く握り締めないよう、さんざん気を遣いながら山道を登ったせいですっかり息が乱れていた。

私たちは色褪《いろあ》せた鳥居を潜《くぐ》ると、賽銭箱《さいせんばこ》の前に三段ほど積まれた小さな石段に腰を下ろした。知らず、唇から溜め息が漏れる。長いこと山道を登っていたせいで足の裏が痛い。

座ると同時に、それまで繋いだままだった伊瀬君の手がスルリと離れた。途端に掌に冷気が流れ込んできて、最初に触れたときあんなに冷たいと思った伊瀬君の指が、いつの間にか温まっていたことに気づかされた。

ごく自然な動作で私から手を引いた伊瀬君は、ジーンズの後ろポケットから携帯電話を取り出す。神社の軒先に、腕時計から漏れる青白い光よりずっと強い白い光が溢《あふ》れて、眩しさに私は何度も目を瞬かせた。

伊瀬君は鼻先まで携帯電話を近づけて何か操作をすると、すぐにそれを耳元に押し当てた。雨音に混じって、携帯から小さなコール音が響いてくる。

二回、三回……十回、とコール数を数えていると、ふいに伊瀬君が携帯電話を閉じた。

「繋がりませんね。……飲み会が盛り上がっているのかもしれません」

二つ折りの黒い携帯電話をポケットに戻すと、伊瀬君は階段に後ろ手をついて空を仰いだ。

「着歴は残しておきましたから、そのうち連絡がくるでしょう。雨もそろそろやむかもしれませんし……とりあえず今は待つしかありませんね」

うん、と頷いて私は両手を膝に置いた。それきり会話は途切れて、神社の屋根を叩く雨の音だけが二人の間に漂う。

手水舎《ちょうずや》もなければ参道もない、小さな本殿がひとつあるだけの神社の軒先で、私は真っ暗な空を見上げる。雨脚は、先程から特に変わっていないようだ。ざぁざぁ降りというほどではないが、小雨というには少し強い。

「……天気予報では雨が降るなんて言っていなかったのにね」

「にわか雨でしょう。じきにやみますよ」

呟いたら伊瀬君から返答があった。そんなことに、私は少しだけ驚く。黙殺されるか、気のない応えがあるくらいだと思っていたのに。

こんな山の中で、見る物もない暗闇の中で、話し相手がいるのだと思ったら急に嬉しくなって、私は他愛のない会話を続けた。

「伊瀬君、天気予報ってどうやって出してるか知ってるかい？」

いいえ、と伊瀬君が首を振って、私は空を見上げながら目を細めた。

「雲の動きをシミュレートするときは、上空の水滴がどう動くのか、何千何万の水の粒がぶつかり合う動きを予測するんだそうだよ。とんでもなく大きなコンピューターを使ってね」

「……気の遠くなるような話ですね」

本当だねぇ、と苦笑混じりで頷いて、私は首を傾げる。

「でも、人間の動きを予測することと比べたらまだ簡単かな。雲に意思はないからね」

短い沈黙の後、ぽつりと伊瀬君が呟いた。

「……マルチエージェントシミュレーションの話ですか？」

脈絡のない私の話を、今日は伊瀬君がちゃんと追ってくれる。この場に私たち二人しかいなくて、他にすることもないからだろうか。私は楽しくなってますます饒舌《じょうぜつ》になった。

「そう、今日の発表でも四年生がいろいろ構想立ててたじゃない。緊急時にどうやって人が動くか予測する避難経路のシミュレーションとか、百人の人間と五つの政党があった場合、口コミによってどの党が一番票を獲得するかシミュレートしたのとか。あれ、難しいと思うんだよね。アイデアは面白いけど、どうやって卒論発表会までに完成させるつもりなのかな」

「完成は無理なんじゃないですか。大衆の心理を大まかに摑むことはできても、個々人の意思をプログラムに反映させるのは不可能でしょう。意思決定に至る要因が多すぎる」

伊瀬君の言葉はいつだって的確だ。複数の人間がある特定の場面でどんな理由でどんな意思決定をするのか、それをシミュレートするのは極めて難しい。でも、と私は口の中で呟く。

「……でも、それができないシミュレートになんの意味があるんだろう……?」

シミュレーションという学問を語るとき、これはよくよく問われることだ。

私たちが予測するのは、現実によく似た仮想の世界で、ある特定の場面を想定し、その中でこれまた幾つかの定義づけをされた人間がどう動くか、である。事前に想定した条件がひとつでも満たされなければ、シミュレーション通りに現実が進行することはない。

なんて不確かで、なんて脆《もろ》い。自分でも、パソコン上の数値と実際のデータを比較しながらプログラムを組むとき、砂の城より儚《はかな》いものを組み立てている気分になることがある。

「この研究の行き着く先は、いったいどこなんだろうね」

呟いて、空を見上げる。降ってくる雨は見えないが、屋根を叩く音でまだやんでいないのがわかる。ぼんやりと空を見て雨音に耳を傾けていると、それまで黙り込んでいた伊瀬君がふいに口を開いた。

「百人の人間が動き回るシミュレーションで、全員の意思を正確に摑むことは不可能ですよ。それができたら、神様です」

横を向く。伊瀬君は石段に後ろ手をついたまま、ただ真っ直ぐに前を見ていた。

「だったら、百人の前に転がった事象から、どれが一番多くの人の心を動かすのかを考えた方が早い。それを的確に摑めれば精度も少しは上がります。いきなり完璧を目指せば絶望しますが、一パーセント精度を上げることを目標にすればまだやる気も湧くでしょう。繰り返せばいつか限りなく百パーセントに近づくこともあるかもしれない」

つらつらと言葉を並べる伊瀬君の声は淡々としている。目の前に転がっている事実を唇でなぞっているだけのようで、そこにはなんの感慨も含まれていない。

それなのに、どうしてだろう。なんだか私は伊瀬君に勇気づけられた気分になって上手く返事ができない。これまで伊瀬君に貶《けな》されることはあっても、励まされることなど一度もなかったのに。今日は随分優しい物言いだが、いったいどういうつもりだろう?

「うん、でも……その核になる事象を見つけるのは、難しいよね……？」

伊瀬君の真意がわからなくて私の口調はあやふやになる。この会話をどこへ着地させたらいいのか迷ってもぐもぐと口を動かしていたら、また伊瀬君が予想外なことを口走った。

「そう言いながらいつもやっているじゃないですか。地道な調査を執拗《しつよう》なくらい繰り返して、雑多な情報の中から確実に肝となるものを探り当てているでしょう。貴方の論文を読んでいると時々驚かされます。冒頭で見当外れな予測を立てたと思って読んでいくと、数ページで逆にこちらの予想を覆される。あれはもう、天性の勘だと思います」

伊瀬君の言葉を耳にした瞬間、私は首がねじ切れる勢いで伊瀬君の方を向いてしまった。だって今、もしかすると褒《ほ》められたのだろうか。あの伊瀬君に？　私が？　普段ちっとも先生扱いされていない、私が？

——……やっぱりこれ、妖怪なんじゃないの？

澄ました顔で前を向いてこちらを見ない伊瀬君をまじまじと凝視し、私は半ば本気で考える。伊瀬君に褒められたことを素直に認めるよりは、今こうして隣に座っているのが本物の伊瀬君ではなく、山から生まれた妖怪だと思う方がまだ容易い気がした。

「あ——……あのー、そういえば、伊瀬君、さ……？」

異常事態に目一杯うろたえながら、私は忙《せわ》しなく視線を動かして膝の上で手を組み替えた。

「て、手紙は……恋文は、どうなった……？」

唐突にそんな話題を振ってしまったのは、この暗がりの中で隣に座っているのが本当に伊瀬君なのか確信が持てなくなってしまったからだ。二人だけしか知らないはずの共通の話題を持ち出して、答えてくれれば本当に伊瀬君なのだと確信できると思った。

果たして、伊瀬君は私の問いに答えられるだろうか。割合本気でハラハラしながら待っていると、伊瀬君は石段についていた手をゆるりと上げて、濡れた前髪をかき上げた。

「まだ、ほとんど進んでいませんよ。あれ以来、貴方から書き方ひとつ教えてもらっていませんからね」

——……伊瀬君だ。

話が嚙み合ったことに私は人知れずホッとする。今私の隣にいるのは間違いなく伊瀬君だ。妙に安心してへなへなと体から力が抜けそうになったところで、突然伊瀬君がぐるりと首を回した。それまで私に横顔を向け続けていた伊瀬君が前触れもなく私と顔を突き合わせる。その上伊瀬君は上半身ごと私の方へ近づけてくるから、常にない近さと見慣れない眼鏡なしの伊瀬君の顔に、ギョッとして首を仰け反らせた。

「えっ、な、何…っ…?」

「何？　じゃありませんよ。やっと恋文を添削してくれる気になったんじゃないんですか？」

互いの顔はとんでもなく近くにあるのに、遠くのものでも見るように伊瀬君が目を眇める。そういえば、伊瀬君は裸眼でほとんど何も見えていないのだった。私は慌てて頷くと、伊瀬君の視線から逃れるようにこそこそと前を向いた。見えていない、とわかっていても、伊瀬君に見詰められるとどうにも落ち着かない気分になる。

「そ、そうだね、じゃあ……この前の続きから……。何か、新しい文章は浮かんだかい？」

「突然のことで驚かれるかもしれませんが、ずっと前から好きでした」

耳元で、本当に耳朶《じだ》に息がかかるんじゃないかと思うくらい近くで伊瀬君の声がした。

私は危うく声を上げて飛び上がりそうになるのを堪《こら》える。顔の隣に伊瀬君の気配を感じて、横を向けない。伊瀬君の方に向けた耳がじわじわと熱くなる。

他人の恋文を読み聞かされるのは、予想以上に気恥ずかしい。自分が好きだと言われたわけでもないのに、心臓がバクンと大きく膨れ上がった。

「問題はこの後、ですよね……」

雨音の隙間で、伊瀬君の体がスッと遠くなった。そろそろと視線だけ左側に向けると、伊瀬君は真剣な顔で腕を組み、雨の向こうをジッと見詰めていた。

「やらせてください」

「は、駄目だって言ったじゃないか……。もう少し、別の言葉でさ……相手のどんなところが好きなのかとか——……というか、相手はどんな人なの？」

そういえば、伊瀬君が恋文を書いているという事実に驚きすぎて相手がどんな人物なのか尋ねるのをすっかり忘れていた。急に好奇心が湧いてきて、私は体ごと伊瀬君の方に向く。

伊瀬君は腕を組んだまま、片手を上げて人差し指で唇を辿った。指先で唇を触るのは、何か考え事をするときの伊瀬君の癖のようだ。

「あの……一応言っておくけれど、数学用語とかで表現しようとしないでね？」

伊瀬君が何か言おうと口を開きかけた瞬間、念のため釘《くぎ》を刺してみると、伊瀬君は難しい顔でまた口を噤んでしまった。

やっぱり、と私は口元に苦笑をにじませる。前回は線形代数学を持ち出したが、今回は何で表現するつもりだったのだろう。それはそれで、ちょっと興味があったかもしれない。

伊瀬君は口元に指を置いたまましばらく考え込んでから、ゆっくりと唇を開いた。

「貴方は、バラの花に似ている」

サァサァと雨が降る。伊瀬君の声は柔らかく雨音と混ざり合って夜の空気に溶けていく。

私はその声の余韻が消えるまで、しばらく動けなかった。

だって、貴方って。貴方——……？

「——……あ、恋文の文章……？」

ハッと我に返って私が呟くと、伊瀬君が怪訝《けげん》な顔でこちらを向いた。他に何があるのだと言いた気なその顔に、私は急に気恥ずかしくなって下を向く。

だってこの場に二人しかいないのに急に貴方、なんて言い出すから。

一瞬、私に向かってそう言ったのかと思ってしまった。

そんな馬鹿な、と私は自分で自分を嘲笑《あざわら》う。そしてわずかでもそんな思い違いをしたことが伊瀬君にばれないように、急いで顔を上げると普段の声を装った。

「うん、それは、いいいね。バラの花は綺麗だし、そう言われて嫌な気分になる人はいないいんじゃないかな」

続けて、と私は伊瀬君を促す。

平静を取り繕ったつもりだったのだが、私の声音の微妙な変化を敏感に察したのだろうか。伊瀬君は長いこと私の方に顔を向けていたが、しばらくするとまた雨の向こうに視線を飛ばして続く文章を考え始めたようだ。

私はホッと息を吐く。伊瀬君が眼鏡をかけていなくて、よかった。きっととんでもなく動揺していただろう私の顔を見られずに済んだ。

それにしても、我ながら馬鹿みたいな勘違いをしてしまった。バラの花に似ている、なんて、間違っても私のような四十も過ぎたオジサンに向けられる言葉ではないのに。

バラの花、と私は胸の中で繰り返す。頭の中に、大学の裏庭に植えられた小さなバラの花壇が蘇《よみがえ》る。赤や薄紅の可憐《かれん》な花の数々を思い浮かべれば、我知らず唇から溜め息が漏れた。

伊瀬君が恋文を送ろうとしている相手は、美男の伊瀬君の隣に立っても遜色《そんしょく》ない、それはそれは美しい女性なのだろうな、と思った。だって比喩も簡単に使えない、現実を見たままにしか口にできない伊瀬君がバラにたとえてしまうくらいなのだから。

「……やらせてください、しか浮かばないのですが」

私が物思いに耽《ふけ》っていると、横から伊瀬君が急速に情緒を失った発言をした。

普段は思慮深い優秀な学生なのに、どうして色恋沙汰《ざた》になるとこんなに直球勝負になってしまうのだろうと思いながら私は目頭を押さえて首を振った。

「伊瀬君……最終的にそこに行き着きたいのはわかるけれど、大切なのはその途中経過だよね……？　だからせめて、もう一段階前にしておこうよ。自分の欲求を伝えるのは大事なことだけど——……」

「だったら、僕は貴方にさわりたい」

私の言葉を遮って、伊瀬君が凜《りん》とした声で言い切る。

私はまたしても『貴方』という言葉に反応しそうになり、慌てて首を振ると俯《うつむ》けていた顔を上げた。

「うん、それはいい、けど……せめて『ふれたい』、くらいにしておこうか？」

「ふれたい、ではなく、さわりたいんです」

顔を上げて右を向くと、雨の向こうを見ていたと思った伊瀬君は、いつの間にか真っ直ぐに私を見ていた。眼鏡もなく、何も見えていないはずなのに、なぜかしっかりと目が合っている気がして私は動けなくなる。視線も外せないまま、私はもぐもぐと口の中で呟いた。

「さわりたい、だと……なんだか少し……いやらしいような……？」

「当たり前です。性的な意味を含んでいますから」

「だから、それをオブラートに包もうとしてるんだけど……」

「やらせてくださいと言わないだけ十分本音を隠しているつもりです。それに……」

ふいに伊瀬君が片手を上げる。その手の甲を私の方に向け、伊瀬君は淡々と続けた。

「ふれる、という言葉は、どうにも意識が希薄な気がしませんか？　手の甲で撫でるような、こちらの意思とは関係なく皮膚の上を何かが素通りしていくような、そんな感じがします」

そこまで言って伊瀬君はくるりと手を返し、今度は掌を私に向けた。

「でも、さわると言うとそこに意思が生まれる気がする。指先で、掌で、確かに対象となる物体を感じようとする。そういう気持ちが感じられませんか」

「う……それは、まぁ……確かに——……」

言われてみると、正論のような。伊瀬君は多少情緒面がずれているものの、言葉というものを感覚的に捉える力は優れているようだ。

伊瀬君は掌を上にして自分の膝に置くと、それを見下ろして緩く指先を握り込んだ。

「……僕は貴方に、さわりたい」

どきり、と私の心臓がざわついた。

この闇の中で、急に伊瀬君の声が切実になった。

掌で、指先で、確かめたい、感じたい。

さわるという言葉はこんなにもセクシャルな色を帯びていただろうかと思ったら、急に聞いてはいけない言葉を耳にしてしまったような気分になって落ち着かなくなる。

伊瀬君は相変わらず自分の掌を見下ろしていて、私もそっとその手に視線を向けた。

たおやかに折り曲げられた指は長く、この暗がりの中でぼんやりと白く浮かび上がっているようだ。大きくて繊細で、華奢な手。

——……ここに辿り着く直前まで、あの手を引いて山道を登っていたのか。

そんなことを思い出したら、急に伊瀬君の手を見ていられなくなった。

でも、多分、あれこそが『ふれる』というのだろう。私の手の中で、伊瀬君の手はずっと大人しくしていた。足場の悪い場所で時折握り返すくらいで、それ以外はされるがままにジッと動かなかった。

あれは肌の上を滑るだけで、忘れ去られていく皮膚接触だ。

私も伊瀬君と同じように、膝の上に置かれた自分の手に視線を落とした。

手の甲に走る、年齢の分だけ刻まれた深い皺と、カサカサと筋張った指先。飛び出した手首の骨は歪《いびつ》で、伊瀬君のそれのように力強くもなければ繊細でもない。

伊瀬君がさわりたいと思う手は、きっともっと白く滑らかで柔らかいのだろう。そんな手に指先を握り込まれたら、伊瀬君だってさっき私と手を繋いでいたときのように大人しくはしていられず、指先で、掌で、相手の手を追うのだろう。

伊瀬君の冷たい指先と硬い爪《つめ》の感触が手の内側で蘇り、私はギュッとそれを握り締めた。

ピリリリリ、と小さな電子音が辺りに響いたのはそんなときだ。

長く自分の手を見下ろしていた私は夢から引き戻された気分でハッと顔を上げる。音の出所は右隣の伊瀬君からで、視線を向けると伊瀬君がジーンズのポケットから携帯電話を取り出したところだった。

「もしもし。……あぁ、やっと気づいてもらえましたか」

伊瀬君が耳に携帯を押し当てる。闇に閉ざされたこんな静かな場所では、耳を澄まさなくても受話器の向こうの声もよく聞こえた。

すっかり酒が回っているらしく陽気な調子で『今どこにいるんだよ！』と絡んでくる院生に、伊瀬君は手早く現状を説明した。相手は最初、『なんで先生と遭難してるんだよ！』とゲラゲラ笑っていたが、本当に身動きがとれない状態だとわかると幾分声を改め、すぐに宿の裏山に向かうと請け負って電話を切った。

「……すぐに助けが来るそうですよ。聞こえていたかもしれませんが」

パチン、と携帯を折りたたんで伊瀬君が呟く。そうだね、と答えて私は携帯をしまう伊瀬君の手からゆっくりと視線を逸らした。

神社の軒先から空を見上げると、随分雨は弱くなっていた。伊瀬君と話し込んでいる間に小雨になっていたらしい。

「やんでしまいそうだね、雨」

「やんで欲しくないような口振りですね」

まさか、と反射的に私は笑う。けれど心のどこかで、本心を見透かされたような気がしてギクリとした。それでいて、私は私の心がどこにあるのかよくわからない。

私は本当に、まだ雨がやまなければいいと思っていたのだろうか?

サァサァと霧雨が辺りを覆っている。伊瀬君と私はその雨から逃れるように、神社の軒先に肩を並べて座っている。言葉は途切れ、雨音も遠ざかり、伊瀬君はただ、静かに自分の掌を見詰め続けていた。


「あーっ！　遭難者はっけーん！」

夜の静寂を引き裂く高らかな声が響き渡って、ぼんやりと足元を見ていた私は驚いて石段から滑り落ちてしまいそうになった。

顔を上げると森の奥から蛍の光のような丸い明かりがゆらゆらと揺れながら近づいてくる。あれは懐中電灯だろうか。さらにどやどやと複数の人間の歩く足音と話し声が続く。

森を抜けて山頂の神社までやってきたのは、春井研究室のフルメンバーだった。

「み、皆で来たのかい⁉」

驚いてうっかりその場に立ち上がってしまうと、先頭を歩いていたこの旅の幹事、村瀬君が懐中電灯を振り回しながら近づいてきた。

「だって皆に話したら全員行くってきかなかったもんスから」

悪びれもせず、にこにこと笑いながらそんなことを言う。きっと皆して胆だめし気分で外に飛び出してきたのだろう。さらによく聞いてみると、ぞろぞろと宿を出て行こうとしたら途中で従業員に呼び止められ、事情を説明したら懐中電灯を貸してもらえたのだそうだ。

私はちょっぴり頭を抱えたくなる。責任者であるはずの教授が裏山で遭難するなんてできれば内密にしておきたかったのだけれど……これは間違いなく、明日の朝には宿の従業員全員の知り得るところになっているだろう。

来年の夏合宿もこの宿の世話になるだろうに……。ガックリと項垂れていたら、唐突にこんな人気の乏しい山奥には不似合いな華やかな歓声が境内に響き渡った。

何事かと顔を上げると、山を登ってきたばかりの研究室のメンバーたちが鳥居の横をすり抜けて神社の裏手へ駆けていくところだ。村瀬君も一緒に行ってしまい、神社の軒下には私と伊瀬君だけが残される。

眼鏡をなくして何も見えない伊瀬君は、階段に腰を下ろしたまま立ち上がる気はなさそうだ。また手を貸して、皆のところまで連れて行くべきかな、と私が逡巡《しゅんじゅん》していると、伊瀬君は私を見上げもせずに口を開いた。

「気になるなら、見てきたらどうです？」

「え……うん、でも……君は？」

「僕はどうせ、何も見えませんから」

どうぞ、と再び促され、私は後ろ髪を引かれる思いで軒下から出る。

研究室のメンバーを待つ間に雨はすっかり上がっていて、私はぬかるみに足を取られないよう軒先を回って神社の脇からヒョイと顔を出した。

「……す……っ……げー‼」

私が顔を出すのを待っていたように、生徒の一人が大音量で叫んだ。

私は建物から体を半分出したまま動けなくなる。視界の先にあったのは、満点の星空と、途方もない海の広がりだ。

一瞬本気で自分がどこにいるのかわからなくなった。突然空に放り出された気分だ。地に足が着いていることを確認するため、無意識に靴の裏で砂を蹴《け》っていた。予想もしなかった光景に息が詰まる。

「………何がありました？」

棒を飲んだように立ち尽くす私の背中に伊瀬君がそう声をかけてくれなければ、そのまま長いこと動けなかったかもしれない。

我に返った私は弾かれたように背後を振り返る。暗がりでは、伊瀬君が階段に腰を下ろしたままこちらに横顔を向けていて、思わず伊瀬君に駆け寄った。

「う、海！　海が見えるんだよ！　ほら、宿の裏側は海が広がっていたじゃないか、でもこの山が邪魔をして見えなくて、だから、山の頂上からは向こう側の海が見えるんだよ！」

興奮して滑らかに繋がらない私の言葉に、伊瀬君は大人しく耳を傾けている。いつもなら、いい年をしてろくに状況説明もできないのかと怒られるところなのに。

「そのまま山を下って、海岸まで下りることはできるんですか？」

私は大きく首を振る。伊瀬君の目が見えないことも忘れて。

「ううん、下はもう海だよ。浜はない。断崖絶壁なんだ。この山、旅館の方から見ると緩やかな丘みたいに見えるのに、海側は切り立った崖になってるんだよ。だからここから海を見下ろすと、一瞬海の中にこの神社が浮いているように感じるんだ」

「あぁ……それで、この歓声？」

耳を澄まさなくとも、神社の裏側から学生たちのはしゃいだ声が聞こえてくる。

私はいても立ってもいられなくなって、思わず伊瀬君の腕を掴んで引っ張った。

「君も見てみるといい、それだけじゃないんだ、凄い景色なんだよ」

非力な私に引っ張られて、本当は腰が浮くはずもないのに、伊瀬君は不承不承立ち上がって溜め息をついた。

「見ろと言われても、見えませんよ」

「いいから！　雰囲気だけでも！」

私は伊瀬君の腕を引いて鳥居を潜る。それに続いて神社の脇に出ると、伊瀬君はほんの少しだけ眩しそうな顔をした。

「ほら、見えなくてもわかるだろう？　凄い星空なんだ、満天の星なんだ」

私は興奮して口早にまくし立てる。軒先で救助を待つ間は足元ばかり見詰めていたから気がつかなかったが、見上げた空には都会では見られないような、とんでもない数の星が瞬いていた。夜だというのに辺りを明るく照らし、地面に影すら落ちそうだ。夜空の深さに眩暈《めまい》がする。吸い込まれそうになる。

伊瀬君はしばらくジッと夜空を見上げてから、静かに視線を落として瞼を閉じた。

「……随分明るいんですね。星がたくさん出ているんですか？」

抑揚の乏しい声に、私はつい伊瀬君の顔を凝視してしまう。その横顔にはなんの感慨も浮かんでいないようで、どうやら裸眼ではこの星空の感動は伝わらなかったようだ。

「……うん、絶景だと思う、けど――……残念だね、眼鏡――……」

その眼鏡を壊した張本人の私が言うのもどうかと思ったが、真実残念だと思った。この光景を、伊瀬君にも見せてあげたかったのに……。

「だったら、教えてください」

ふいに、伊瀬君が目を閉じたまま言った。芯《しん》の通った、真っ直ぐな声で。

一瞬何を言われたのかわからず、まじまじとその顔を見上げてしまった。けれど伊瀬君はやっぱり目を瞑ったまま、同じ言葉を繰り返す。

「教えてください、そこにどういう光景が広がっているのか。想像くらいはできますから」

でも、と言いかけて寸でのところで飲み込んだ。

目の前に広がるこの美しい光景を私の語彙《ごい》で表現し切る自信はまったくなかったが、彼の眼鏡を壊してしまったのはこの私だ。できることならなんでもしようと、私は空を見上げた。

「真っ黒な空を、信じられないくらいたくさんの星が埋め尽くしてるんだ。なんて言ったらいいんだろう……黒い紙に、壜《びん》一杯の塩をぶちまけたような――……」

「人の恋文に難癖つけるわりには、貴方もなかなか情緒のない表現をしますね」

「そ、それくらいたくさんの星が広がってるんだよ！」

「――……でも、まぁ、想像はつきます」

意外にもあっさりと伊瀬君は引き下がり、口を噤んで次の言葉を待っている。素直に私の言葉に耳を傾ける伊瀬君に戸惑いながら――だってゼミ中に私が用語の説明をあやふやにしようものなら、伊瀬君はとんでもない勢いで食ってかかってくる――私はたどたどしく説明を続けた。

「今夜は星月夜だね、月は出てない。それなのに皆の顔が青白く見えるくらい空が光ってる。いつの間にか皆、天体観測には邪魔だから懐中電灯を消したみたいだ。だから足元は真っ暗で、遠い向こうも真っ黒な海で、地面が見えないからなんだか夜空に浮かんでるみたいだ」

「……足元を見失う感じですか」

そう、と頷いて、私は満天の星に目を眇めた。

「不思議なんだけどね、空を見上げていると、急に視点が逆転して、空を見下ろしている気分になるときがあるんだ。とんでもなく深い穴を覗き込んでいるような。東京タワーの展望台にガラス張りの床があるっていうじゃないか。そこから空を見下ろしている感じかなぁ。周りが真っ暗だから上下感覚も失ってしまうんだろうね。そういうとき、一瞬本気で、落ちていくような気分になるよ」

「夜空の中に？」

「うん、星の中に」

真顔で答えてしまってから、ハッとした。我ながら随分と突拍子もない、思いついたことをそのまま話す子供のようなことを言っている気がしたからだ。

伊瀬君は、傍らに立って何も言わない。

呆れられてしまっただろうか、と恐る恐る横目でその表情を窺って、私は絶句した。

「……そうですか、星の中に」

伊瀬君が私の言葉を繰り返す。からかうふうでもなく、いつもの淡々とした声で。

けれど、いつもと違ったのはその顔だ。私に横顔を向け、しっかりと目を瞑ったままで、伊瀬君は口元に淡い笑みを浮かべていた。

「それはきっと、とんでもなく美しい景色でしょうね」

伊瀬君の整った横顔が星の淡い光に照らし出される。口元に浮かんだ穏やかな笑みもしっかりと照らされ、私は本当に息が止まってしまうかと思った。

——……伊瀬君が笑ってる。

伊瀬君は普段からあまり表情を変えないし、特に私に対しては怒っているか呆れているかがほとんどだから、こんな微かなものでも彼の笑顔を見るのは初めてだ。

「他には？」

伊瀬君が口元に笑みを浮かべたまま続きを要求してきて、私はゆるゆると視線を戻す。

気がつけば、石段から伊瀬君を立たせたときのまま、私は伊瀬君の腕を掴み続けている。いつ離せばいいのかもよくわからなくなってしまって、私は伊瀬君の肘の辺りを握り締めたまま目に映る光景を言葉にした。

「……海と空の境界線がわからないよ。海も真っ黒で、海面にぼんやり星の光が反射して、白い波が立ってる。ウサギが走ってるみたいに」

「ウサギ？」

伊瀬君の声に笑いがにじんだ。今、横を向いたら、伊瀬君はもしかするとさっき見たより明らかに表情を変えているのかもしれない。あの石膏のように美しく整った顔を、笑みで崩しているのかもしれない。

本当はその顔を見たかったのに、視線が動かなかった。目が合ったら途端に伊瀬君はいつもの表情に戻ってしまう気がしたし、そうでなくても私は彼と目を合わせるのが苦手だし。伊瀬君の顔を見たいような、見るのが怖いような、複雑な気持ちで私はさらに言葉を重ねる。そこに時折伊瀬君が言葉を挟んできて、でも声は終始穏やかで、私は隣に立っているのが本当に伊瀬君なのかわからなくなる。いやいや、間違いなくあの怖い伊瀬君のはずだ、と思うと緊張して、でもすぐ側で聞こえる静かな声にまたわからなくなって、混乱が深まると同時に心拍数が上がっていくようだった。

風が吹く。その風に煽られて星々がいっそう強く瞬いたような錯覚にあんぐりと口が開く。右手はまだ伊瀬君の肘を摑んだままで、指先で感じる体温はひんやりと冷たい。

どうにも伊瀬君から手を放せない私はその理由を考える代わりに、今自分は伊瀬君に『ふれて』いるのか『さわって』いるのかどちらだろうと、そんなことを思って口を閉じた。

校内を北風が吹き抜ける。十二月の風は冷たいを通り越して最早痛い。外を歩いていると耳がジンジンしてくるが、私にそれを嘆く余裕はなかった。

両腕で約八十名分のレポートを抱えた私は、講義棟から研究室のあるゼミ棟に戻る道すがら、風でレポートが飛ばないように歩くので必死だ。

紙の束は重い上に、私の腰から顎近くまでの高さがある。なりふりなど構っていられず、顎で一番上のレポートを押さえて中庭を横切って、大袈裟《おおげさ》なほど息を切らせながらゼミ棟の階段を上がる。もう若くもない私にこの運動量は、かなりきつい。

目的の三階まで上がっても、ここからがまた遠い。私の研究室は目の前に続く長い廊下の、一番向こうだ。

無情に長い廊下をげんなりと眺めていたら、その途中に人影を見つけて私は足を止めた。眼鏡の度が合わなくなってから大分経つのに、日頃の不精ゆえにまだレンズを買い替えていないおかげで遠目からはそれが誰なのかわからない。レポートの山を抱えたままヨロヨロと歩き、大分人影に近づいた頃、やっとその横顔の輪郭を認めてギクリとした。

廊下に貼《は》り出された掲示物を眺めていたのは、竹中《たけなか》先生だ。うちの学部で主にプログラミングの授業を担当している人物で、自身の研究室も持っている。

やっと四十歳になったばかりの竹中先生は、すっきりと知的な横顔にいつも柔和な笑みをにじませていて、経営工学部の数少ない女子たちからも人気がある。

竹中先生は私に気づくと、体ごとこちらに向けて笑みを深くした。そのまま明らかに私を待つ体でそこに立っているから、私はギクシャクと会釈を返す。正直私は、彼が苦手だ。

竹中先生はいつもニコニコと笑っているが、その毒舌は私に対する伊瀬君の比ではない。

数年前、卒業論文の発表会で竹中先生が主査、その副査が私となったことがあったのだが、あのときの居心地の悪さといったらなかった。

生徒の七分間に及ぶ研究発表に耳を傾けた後、竹中先生は笑顔のまま言い放ったのだ。

『その研究をわざわざ行う、意味がわからないね』

次の発表を待つ学生や、見学に来ていた下級生たちを含めれば二十名ほどがいた室内の空気が、一瞬で凍りついたのがわかった。発表していた生徒の顔も見る間に青褪《あおざ》める。

『質問をする気にもならないよ』

硬直する生徒にそう言ってのけ、竹中先生は私を振り返った。笑顔だった。

確かにその生徒の発表は、前年の卒業生が発表したものに多少のアレンジを加えただけのものだということは私もわかっていたけれど。それでも壇上で硬直する生徒を見ていられなくて、私は必死で幾つかの質問をその生徒にした。残りの三分、質疑応答の時間を無言のまま過ごさせるのはあまりに忍びなかったのだ。

あのときの、お人好《ひとよ》しめ、とでも言いた気な竹中先生の呆れた笑顔が、まだ忘れられない。

竹中先生は私が近づくと、腰の後ろで手を組んだまま穏やかに声をかけてきた。

「どうも、春井先生。なんだか大変な荷物ですねぇ」

白髪の交じり始めた、けれど十分に若々しい顔に笑みを浮かべる竹中先生の前で、私は曖昧な笑みを返して歩を緩める。立ち止まっていいのか通り過ぎてしまっていいのか、よくわからなかった。

あわよくばそのまま素通りしてしまおうとしたのだけれど、竹中先生が用もなく私に声をかけてくるはずもない。案の定、続く言葉が私の足をその場に縫い止める。

「ところで、伊瀬君の調子はいかがですか？　ゼミにもちゃんと顔を出してますか？」

――……また、伊瀬君の話だ。

私は重い紙の束を抱え直し、はぁ、とか、まぁ、とか溜め息のような声で答える。

竹中先生にしろ範先生にしろ、私に声をかけるときは大抵伊瀬君のことを聞いてくる。興味があるのは私ではなく、大方の予想を裏切って私の研究室に来てしまった伊瀬君なのだ。

伊瀬君が私の研究室を選んだ理由を一番知りたがっているのは、当の私だというのに。

夏合宿でほんの少し私に打ち解けてくれたような素振りを見せた伊瀬君だが、後期の授業が始まると山頂で起きた出来事が嘘《うそ》のようにまた私に冷たくなってしまった。

というか、前より仕打ちがひどくなっている気すらする。

今日だって午前中に統計的手法の授業があったのだが、授業後、伊瀬君は壇上へやってくるなり低い声でこう呟いたのだ。

『――……何を言っているのかさっぱりわかりません。生徒に教える気があるんですか？』

伊瀬君曰《いわ》く、主語と述語がばらばらでまったく要点が摑めなかったそうだ。聞いていて苛々したと、怒気を孕《はら》んだ声で言われてしまった。授業の補佐に回っていた松田君にそうなのかと尋ねたら、「そんなことありませんでしたけど？」ときょとんとした顔で言われたが、単に彼は私の要領を得ない物言いに慣れているからそう感じるだけなのかもしれない。

確かに私も自分の話が端的でないことくらい自覚していたけれど、回りくどかったり要領を得なかったり、話が上手くないことくらいわかっていたけれど、それをこんなにもはっきりと、しかも生徒に指摘される日がくるとは思わなかった。

その後も伊瀬君は、黒板の字が汚いだのマイク越しにもかかわらず滑舌が悪くて言葉が聞き取れないだのさんざん言って去っていった。

そういうときの伊瀬君は私を噛み殺してやろうとしているかのごとく殺気立った目をしていて、私は本当に怖くなる。

眼鏡を外した伊瀬君はあんなに穏やかな顔をしていたのに。

やっぱりあれは、妖怪か何かだったのだろうか——……。

「春井先生？　大丈夫ですか？」

長々と回想に耽っていたら、竹中先生が怪訝な顔でこちらを覗き込んできた。それで私は我に返って、大丈夫だと何度も首を縦に振る。顎の下で、レポート用紙がふわりと揺れた。

「それにしても、伊瀬君がゼミに来るんじゃあ毎回授業の下準備が大変でしょう？　彼のレベルに合わせようと思ったら、生半可なことではねぇ？」

「え、あぁ……まぁ——……」

実際は周りのレベルに伊瀬君が合わせてくれている状況なのだが素直にそうとは言えず、私は不明瞭《ふめいりよう》に口ごもって視線を落とす。竹中先生はそんな私の姿をしばらく眺めてから、溜め息のような笑みをこぼした。

「今年のプログラミングの応用実習、私が三年生に教えているんですよ。前期はＶＢＡを使ってライフゲームを作らせたんですが……そういえば春井先生も、何年か前に応用実習を受け持たれたことがありましたっけ？」

問われるままに私は頷く。確か随分前に、私もその授業を担当したことがあった。

ライフゲームは、生物の発生や淘汰のプロセスを簡易的に表現したシミュレーションゲームだ。パソコンの画面上に方眼紙を敷いたような小さなセルが並び、そのひとつひとつが一定のルールに従って黒から白へ明滅を繰り返す。授業では黒いマスを魚に見立て、白から黒にマスが変化すれば魚の誕生、逆に黒から白に変わると死亡とした。
一、二年でC言語を学んできた学生たちには勝手が違って難解らしく、毎年必ず再履修者が出る授業だ。確か私があの授業を担当したときも、数人の生徒が単位を落とした。
「前期の期末テストは、ライフゲームに幾つかの新しいルールを追加してプログラムを動かすというものだったんですよ。全部で三問。制限時間は九十分」

「それは……大分難しかったのでは……？」

「そうですねぇ、一発で合格した生徒は少なかったですね。一応救済措置として、三回は再チャレンジできるようにしておいたんですが」

竹中先生は笑いながら顎を掻いて、隣の掲示物に視線を流す。

「でも、伊瀬君はさすがですねぇ。彼は最初の試験で合格しましたよ。しかも、開始からわずか十五分で」

は、と私の唇から感嘆の息が漏れた。十五分とはまた、とんでもない早さだ。

竹中先生は我がことのように機嫌よさ気に続ける。

「伊瀬君はプログラムを芯から理解しているようですね。だから応用問題も簡単にこなしてしまう。お父さんがＳＥだったせいもあるんでしょうが。子供の頃からパソコンをおもちゃ代わりにしていたそうですし」

「え、そうなんですか……？」

思わず問い返すと、竹中先生の視線が弾かれたようにこちらに返ってきた。ギョッとして背筋の伸びる私の顔を、竹中先生がまじまじと覗き込んでくる。

「あれ、ご存知ありませんでした？　伊瀬君が以前私にそう教えてくれたんですよ。春井先生はあまり伊瀬君とそういう話はなさらない？」

「え、ええ……プライベートな話は、あまり……」

へぇ、と竹中先生が目を細める。そこに多少の優越感が混じっているのを感じて、私はまたすごすごと視線を下げた。

伊瀬君が私に話しかけてくるとき、彼は大抵不機嫌な顔をしていて、一方的に詰《なじ》られることが多くて、だから私は彼と個人的な話というものをしたことがほとんどない。

——……でも、竹中先生とは家族の話なんてしているのか。

その事実に、少なからずショックを受けたのも本当だ。だって伊瀬君は私のゼミを受講しているのに。本来ならば他のどの教授より、私と話す機会が一番多いはずなのに。

ギュッとレポートの束を握り締める。指先がジンジンと痛い。

竹中先生は項垂れる私をしばらく見詰めた後、芝居がかった仕種《しぐさ》で肩を竦めて首を振った。

「しかし春井先生が羨ましいですよ。伊瀬君みたいな優秀な生徒がゼミにいて。私のところなんてまぁ、出来の悪いのしか集まっていなくて」

「そんな、まさか——……」

竹中研究室といったらこの学部で一番知名度が高いのだ。毎年多くの生徒が研究室に入ろうとして席の争奪戦が繰り広げられる。当然研究室に籍を置くのは優秀な生徒ばかりで、そんなことは学内の情勢に疎い私ですらよく知っている。

けれど竹中先生はさらに大きく首を振る。

「いやいや、だって伊瀬君がいないんですから。今年は不作もいいところですよ。本当に伊瀬君は別格ですから、彼にはセンスがある。プログラムはセンスですからね、勉強したってできるようになるもんじゃない。彼のあの無駄のない美しいプログラムには毎度感心します。

本当に、彼がうちに来てくれたらどんなによかったか」

一気にまくし立てて、竹中先生は溜め息をつく。心底落胆したというように、私の胸を抉《えぐ》るように。

「本当にねぇ。春井先生が羨ましいですよ。でも大変でしょうね。私でさえ、彼には教えられることばかりで、何を教えていいかわからないくらいですから――……」

無意識に、レポートの束を握る指先に一層力がこもっていた。竹中先生はただジッと私を見ている。もう、口元に笑みは浮かんでいない。

先生が言いたいことは痛いほどよくわかった。言葉の裏からひしひしと伝わってくる。

『伊瀬君ほどの生徒に、お前がいったい何を教えられるんだ?』

そう、突きつけられているのだ。私は上手く息ができなくなる。

「さすが、春井先生。きっと伊瀬君を惹きつける何かがあったんでしょうねぇ」

竹中先生が目を細める。しかしそこに浮かんでいるのは軽い苛立ちだ。

なんにもないはずなのに、とその目が言っている。お前が伊瀬君に教えられることは何ひとつないのに、と。そんなことは、私が一番よくわかっているのに――……。

「春井先生」

息苦しさに私が顎を反らして喘ごうとしたら、ふいに後ろから声をかけられた。

はっ、と喉から息が漏れる。振り返ると、廊下の向こうに伊瀬君が立っていた。

「やぁ、伊瀬君。いいところで会った」

竹中先生が心底嬉しそうな顔をして伊瀬君に手を振る。私と向かい合っていたときとはまったく違う表情だ。

「ちょうど今、君の話をしていたところだったんだよ」

「教授が二人揃って僕の話ですか。なんだか怖いですね。進級の危機ですか？」

まさか！　と声を上げて竹中先生が笑う。その間に私の隣に来た伊瀬君は、竹中先生の笑いがやむのを待って私に声をかけた。

「春井先生、ゼミの課題でわからないところがあるので、少しお時間いただけますか？」

先生、と、すんなりと伊瀬君は私を呼んだ。いつもは微妙に嫌そうな顔をするのに。

……竹中先生の前だからかな？　と思いながら、私は首を縦に振る。なんにせよ、竹中先生の前から逃げられるのならありがたい。

そんな私たちのやり取りを見ていた竹中先生が、腕を組んで軽く首を傾げた。

「伊瀬君でもわからないことがあるのかい？　珍しいね」

すでに竹中先生の横を通り過ぎかけていた伊瀬君が振り返る。軽い瞬きの後、伊瀬君は静かに頷いた。

「プログラムを組むだけなら簡単ですが、春井先生の研究は作ったプログラムから何を読み取るかが問題なので、難しいんです」

とん、と心臓の裏側を叩かれたような気がして、私は思わず背筋を伸ばす。なんだか予想外に伊瀬君が私の研究を理解してくれているようで、驚いた。普段はさんざん私に駄目出しをするくせに、時々こうして私の研究を認めるようなことを言うのだ、伊瀬君は。

不意打ちに、私はいつでも、息を詰める。

対する竹中先生は、ふぅん、とつまらなそうに鼻を鳴らすと、再び掲示物に視線を向けてしまった。伊瀬君はそんな竹中先生に背筋を伸ばした美しい一礼をして、踵を返した。

前を行く伊瀬君の背を追いながら、私は一転してなんとも複雑な心境に駆られた。伊瀬君は元来こういうふうに、目上の人に対しては大変礼儀正しい。先輩にだって軽口を叩かないし、きちんと礼節をわきまえている。それなのに、私にだけは不遜な口の利き方をするのだから、伊瀬君は徹底して私を嫌っているのだろう。

「何を危なっかしい歩き方をしているんです」

溜め息をつこうとしたら真横で伊瀬君の声がして、吐きかけた息を飲み込む羽目になった。咳き込むと同時に手にかかる負荷が軽くなる。驚いて横を向くと、前にいたはずの伊瀬君がいつの間にか隣に来ていて、私の手から奪ったレポートを抱えて歩いていた。自分の手元を見下ろせば、私が手にしているのは数枚の紙束だけだ。

「あ……ありがとう……」

礼を言っても、伊瀬君はこちらを見ない。彼にとっては親切というより、見苦しいものを排除しただけなのかもしれなかった。

代わりに伊瀬君は手にしたレポートをジッと見て、じわりと不機嫌な表情をにじませた。

「学生のレポートくらい、助手に持たせたらどうですか」

「いや、でも、松田君、授業の後で生徒の質問を受けていたようだったから……」

「雑談と言うんです、それは」

苛立ちも露わな伊瀬君の声が怖くて、私は小さく肩を竦める。学生相手にびくびくするのは情けないが、こういうときの伊瀬君は本当に怖い。

それ以上交わす言葉もなく研究室に戻ってみれば、折悪しく室内には誰の姿もなかった。卒論発表も押し迫っているのだし、一人や二人くらい四年生がいてくれたっていいのに。

明かりの落ちたパソコンと無人の机だけが並ぶガランとした室内に伊瀬君と二人きりになるのは本当に身の置き所がなくて、私はぎこちなく笑いながら伊瀬君と向き合う。

「本当に、ありがとう。助かったよ。後はもう、大丈夫だから——……」

帰っていいよ、と言うよりは、帰ってください、と言ってしまいたい。

それなのに、伊瀬君はレポートを抱えたまま私を見下ろして何も言わない。その場から立ち去る気配もない。恐る恐る目を上げると、伊瀬君は何か考え込む顔つきで、急に持っていたレポートをすべて私の両腕に押しつけてきた。

「う…っ…わぁ！　伊瀬君、急に……！」

「もう大丈夫、と言いませんでしたか」

がくんと腕の下がった私を平然と見下ろして、伊瀬君は研究室の入口に置かれた冷蔵庫へ向かう。

「伊瀬君……？　あの、まだ、何か……？」

おずおずと声をかければ、伊瀬君は振り返ってほんの少し顔を顰《しか》めた。

「そんなに早く追い返そうとしないでください」

本音を見透かされ、どきりとする。

とっさに否定できなかった私からフイと視線を逸らすと、伊瀬君は冷蔵庫から小さな包みを取り出した。

「これ、そろそろ賞味期限も近いし、残りも少ないですから、今のうちに二人で食べてしまいましょう」

言いながら伊瀬君が翳してみせたのは、白い紙に包まれた羊羹《ようかん》だ。院生のひとりが、実家に帰った土産に持ってきてくれたものである。

「あ、まだ、残ってたんだ……」

「ええ、気になってたんです、ずっと」

伊瀬君は慣れた手つきで紙を破ると、冷蔵庫の隣に置かれた棚を探り出した。

卒論の発表間近には研究室に泊まり込む生徒も多いから、ここには冷蔵庫や電子レンジやポットなど、最低限の食事の支度ができる道具が揃っている。

伊瀬君は棚の中から小さな果物ナイフと皿を取り出すと羊羹を切り分け始めた。私はその姿を、少し意外な眼差しで見詰める。

『糖分は脳の活動に必要な量だけ摂取していればいいんです』なんて真顔で言ってしまいそうな伊瀬君が、冷蔵庫の中の羊羹をずっと気にしていたのも意外なら、それを私と二人で一緒に食べようと言ってくれたのも意外だった。

両腕に抱えたレポートの重さも忘れ、呆けたように伊瀬君を見ていたら、視線に気づいて伊瀬君が顔を上げた。

「いつまでそんなものを持ってるんです。お茶淹《い》れますから、座って待っていてください」

――……お茶まで淹れてくれるらしい。常日頃、伊瀬君には情け容赦なく無用の長物扱いされている私は相当うろたえて、ぎこちない動作で自分の席に腰を下ろした。

私が見守る中、学校特有の大きな窓を背に、伊瀬君は丁寧に茶を淹れる。

窓の向こうには冬の白い空。灰色の光が伊瀬君の白い頬を照らす。眼鏡の縁が時折鈍く光って、伊瀬君は美しい塑像のように見えた。

怖いくらい整ったその姿は人間味さえ薄れるようで、なんだか私は、不安になる。

「竹中先生とは、よく話をするの……？」

黙っていると伊瀬君から生き物の気配が消えていくようで、思わずそう問いかけていた。

声に反応して伊瀬君がこちらを向く。そんなことになぜか少しだけホッとした。私の声は、まだ彼の耳に届いているようだ。

伊瀬君は答える前にゆっくりと目を伏せて、湯呑《ゆの》みに緑茶を注いだ。

「たまに、声をかけられます。いろいろと根掘り葉掘り聞いてくる人なので、一度捕まると毎度長話になりますね」

「家族の話もする……?」

「……そういえば前に、そんな話を聞かれたような気もしますが……」

伊瀬君の反応は芳しくない。これはどちらかというと、竹中先生と積極的にお喋りに興じたというよりは、無理やり聞かれて適当に答えた、という方が正しそうだ。

なぁんだ、と思ったら現金なことにいつもより口調が滑らかになった。

「他にはどんな話をしたの？　授業の話とか、プログラムの話とか？」

ぴちょん、と湯呑みの表面で茶が跳ねる。伊瀬君は急須から最後の一滴を湯呑みに注ぎ切ると、なんの気負いもなく、さらりと私の問いに答えた。

「来年、竹中先生の研究室に来ないかと誘われました」

瞬間、窓の外でヒュッと一際強い風が吹いた。

それは確かにガラスを隔てた向こうで吹いたはずなのに、どうしてだろう、私の頬をサッと風が掠めた気がした。

冷たいを通り越して、痛いほどの冬の風。

トン、と伊瀬君が静かに急須を机に置く。私はそれで、自分が随分長いこと黙り込んでいたことを悟る。

「――……そう、なんだ」

長い沈黙の後で呟いた私の声には、驚きよりも、ああ、やっぱり、という諦めの感情の方が色濃く漂っていた。

多くの学生は三年で選択したゼミの研究室を四年になっても継続して選択するものだが、決してそれがすべてではない。ゼミを受けてみたら想像と違ったとか、他の研究に興味を持ったとかで研究室を替える生徒も、毎年数人はいる。

伊瀬君は、優秀な学生だ。当然他の教授も彼を欲しがるだろう。ヘッドハンティングくらいされたって、不思議はない。

「どうぞ」

ぼんやりと思いを巡らせていたら、机に羊羹の乗った小皿と湯呑みが置かれた。礼を言うと、伊瀬君はやっぱり黙って自分の茶と羊羹を持ってくる。

私の机の斜め向かい、いつもは四年生が座っている席に腰を下ろした伊瀬君は、無言のまま羊羹を口に運んだ。私なんかと一緒に羊羹を食べようというくらいだからよほど甘いものが好きなのかと思ったが、咀嚼《そしやく》する伊瀬君の横顔は平素と変わらぬ無表情だ。

目の前の羊羹に手をつけるのも忘れて伊瀬君の横顔を眺めていたら、伊瀬君がふいに視線をこちらに向けた。

「……なんです」

切れ長の目が睨むようにこちらを見るから、私は慌てて湯呑みの中に視線を落とした。

「あ、あぁ……それで、どうするんだい?」

沈黙に耐えきれず無理やり口を開いたら、主語も脈絡もない言葉になってしまった。伊瀬君は返事もせずに咀嚼を続けている。ちゃんと言え、といったところか。

「いや、行くのかな、と思って……竹中先生の研究室」

湯呑みの中で、濃緑色の茶が渦を巻く。ゆらゆらと不安定に揺れて、水の面が定まらない。

「……さぁ……今はまだ、決めかねています」

目の端で、伊瀬君はどうでもよさそうに言い捨て羊羹を口へ運んだ。

その横顔を見て、もしかすると研究をする場所なんて彼にとっては本当にどうでもいいことなのかもしれない、と思った。どこにいたって、その気になれば自分のしたい研究くらい自力でできると、そんな心持ちでいるのではないか。

だったら、と私は思う。

だったら私の研究室に来たのも、案外そんな理由なのだろうか。課題が少なくて、教授もあまり生徒のやることに口を挟まなくて、だから自分の好きなことを好きに研究できると、そんな理由でここに来たのではないか。

伊瀬君が私の研究室を選んだ理由が今初めてわかった気がして、すっきりしたはずなのに、どうしてか冷たい沼に足元からズブズブ沈んでいく気分になった。

最初から、伊瀬君が私の研究室を選ぶ真っ当な理由などないとわかっていたはずなのに。

それでも、もしかすると何かあるのかもしれないと、私は微かに期待していたのだ。伊瀬君に選ばれる何かが、ここに、私に、あったんじゃないかと。

——……なんて自惚《うぬぼ》れだ。

急に、恥ずかしくなった。伊瀬君が私のゼミを選んだとき、周りの教授は皆一様に驚愕《きょうがく》して、信じられないと頭をかきむしって、私だって何かの冗談かと思ったけれど、やっぱりどこかで嬉しかった。伊瀬君みたいな優秀な生徒に選んでもらえて、嬉しかった。

でも、伊瀬君がここに来たのには特別な理由なんてなかったのだ、きっと。

深く項垂れながら、それはそうだ、と私は思う。途中、先程見た竹中先生の目を思い出し、体はますます冷たい沼に沈んでいく。

『お前にいったい何が教えられる？』と、挑むような目で竹中先生は私を見た。さらにその裏には、自分だったらもっとたくさんのことを伊瀬君に教えられるのに、という、苛立ちのようなものも見て取れた。

私は一度小さく息を吸い込むと、両手で包んだ湯呑みの底を見下ろして、伊瀬君を呼んだ。

相変わらず伊瀬君の顔は直視できないから目の端で彼が顔を上げるのを待って、ゆっくりと湯呑みの底を揺らす。

「……もしかすると君は、竹中先生の研究室へ行った方が、いいかもしれない……」

それでも言葉の始めに「もしかすると」なんてつけてしまう自分の器の小ささに、我知らず苦笑が漏れた。

竹中研究室は、学部では一番知名度が高くて、一番研究内容も充実している。

竹中研究室目当てでうちの学部を受験する生徒もいるくらいだし、ゼミだって毎年希望者が規定人数を超え、わざわざ面接までしているのだ。私の研究室など、最初から定員割れしていたのだからその差は歴然としている。

今更こんなことは言うまでもない。そうわかっていても、私は続ける。

「君はプログラミングが得意なようだし、竹中先生のところへ行けば今よりもっとプログラムに特化した研究ができる。私のところで学べることなんて、たかが知れているよ……？」

私は無意味に湯呑みを揺らし続け、決して伊瀬君を見ない。伊瀬君に意見するのは、たとえそれが彼のためを思ったものだとしても、どうしようもなく緊張する。

湯呑みの中で渦が巻き、水の面はゆらゆらと揺れ、安定しない。伊瀬君はこちらを見ている気配を漂わせながらも何も言わないから、私は沈黙に耐えかねて無意味に笑った。

「君の将来を、考えたらさ……」

またぞろ同じ趣旨の言葉を繰り返そうとしたら、タン、と小さいがきっぱりとした音がそれを遮った。見れば、伊瀬君が手にした湯呑みを机に置いたところだ。

伊瀬君はもう私を見ていなくて、窓の向こうの冬の空を見ていた。

「……そんなに僕を、この研究室から出したいですか」

抑揚の乏しい声で伊瀬君がそんなことを言うものだから、私は目を丸くして首を横に振った。

「いや、私はただ、君ならばここでなくても、むしろ、ここでない方が――……」

思う通りの研究ができるのではないかと、そう思ったのに。

伊瀬君は無表情で窓の外を見ている。怒っているのだろうか。少なくとも、とても機嫌がいいようには見えない。

「だって、本当のことじゃないか」

言い訳のように、私は妙に強い口調でそう言った。それはもしかすると、すがる響きすら含んでいたのかもしれない。伊瀬君がようやくこちらを向いた。

冬の、ぼんやりと白い光に照らされる伊瀬君の顔は、いつにも増して白い。その中で唇だけがやけに赤く見えて、思わずそれに目を奪われた隙に伊瀬君は呟いた。

「――この場所で、僕は必要とされていないんですね」

思いがけない言葉に、私は大きく目を見開く。どの研究室からも喉から手が出るほど欲しがられている彼が、私に向かって何を言っているのだ。

「ち、違うよ、そういう意味で言ったんじゃなくて」

「なんにせよ、貴方は僕を引き止めない」

淡々と言葉を継いだ伊瀬君は、私の返事を待たずにすらりと席を立つ。そのまま一度も私を振り返ることもなく、伊瀬君は部屋を出ていってしまった。

私は、そんな伊瀬君を呼び止めることができなかった。去り際の横顔が、どこか傷ついているように見えたからだ。

窓の外で枯れ枝が鳴る。私は脱力して椅子の背凭《せもた》れに寄りかかった。

机の上には、まだ一口も手をつけていない羊羹がある。ほんの数分前に伊瀬君が切ってくれたそれを、私は手元に引き寄せた。

そして今更のように、伊瀬君はこの研究室にいたかったのだろうかと自問した。この研究室に、私に、絶望していたのではなかったのか。こんなくだらないことをゼミでやるのかと、面と向かって私に言い放った彼の真意がわからない。

私は羊羹を口へ運んで、深く大きな溜め息をついた。

斜め向かいの席にぽつんと取り残された食べかけの羊羹が、どうしようもなく淋しい。

もっと他の話をすればよかった。伊瀬君と二人きりで話をする機会なんて滅多になかったのに。校内で一緒になるときは大抵周りに他の人がいるし、二人きりになっても伊瀬君はいつも不機嫌そうでろくに話もできないし。あんなふうに伊瀬君とゆっくりと話をしたのは、夏合宿のとき、山頂の神社で二人きりになって以来だった。

もぐもぐと羊羹を咀嚼しながら、嬉しかったのになぁ、と続けざまに胸の中で呟いた。

伊瀬君が私の研究室を選んでくれたとき自分でも驚くほど嬉しく感じたのは、単に学内でも有名な優秀な生徒がうちを選んでくれたから、というだけではなかった。

ここは歴史の浅い研究室ではあるが、伊瀬君くらいプログラムに精通していれば研究の幅もグッと広がる。今までとは違った切り口で研究が進む可能性だってある。私は伊瀬君がここでどんな研究をするつもりなのか、本当に楽しみだったのだ。

でも、彼の能力とこの場所は明らかにつり合わない。現に伊瀬君はこの場所にも、私にも幻滅している。ならば無理に引き止めて、彼の可能性に枷《かせ》をつけてしまうのも心苦しかった。

それが、まさか彼を傷つける結果になってしまうとは――……。

私はもう一度溜め息をつく。

伊瀬君の羊羹はいつまでも食べかけのまま、お茶は冷たくなっていた。

机の上の、書きかけの書類、授業の資料、まだ目を通していない卒論のレジュメ。

「雪崩《なだれ》が起きますよ、先生」

真上から陽気な声が降ってきて、私はノソリと顔を上げる。見上げれば松田君がコーヒーカップを片手に私の机の前を横切っていくところだ。

「間違って僕の机の方に倒さないでくださいね、その雪山」

私は未処理の真っ白な書類に囲まれて、返答ともつかない唸り声を上げた。

雪が降り積もるように、私の上にも仕事が降り積もる。書類も資料も机の上に折り重なって、ろくに身動きがとれない。

「明日の授業、小テストの予定ですよ。問題できてますか?」

カタカタと軽やかにキーボードを叩く松田君に尋ねられ、私は短い悲鳴を上げた。そうだった、それもまだ終わっていなかった。

「ま……松田君、ちょっと私の仕事も手伝ってもらえないかな……」

「いいですよ、これが終わったらすぐ手伝います」

松田君はニコニコと笑って調子よく答える。が、松田君の取りかかっているその作業が、二月の学会で彼が発表する研究の資料作成だと知っている私は、彼に援助を期待するだけ無駄だと早々に悟ってまた、項垂れる。

仕事は一向に終わらない。いつも以上に追い詰められた私は、その原因に思い当たって密かな溜め息をついた。

先日、この場所で一緒に羊羹を食べて以来、伊瀬君が研究室に来ない。週に一度のゼミも、今週は顔を出さなかった。三年生の話では、どうやら風邪《かぜ》をひいたらしいとのことだが、最後に交わした会話が会話なだけに、私はなんだか落ち着かなかった。

とはいえ、そのことが気にかかって仕事がはかどらない、というわけではなく。もっと単純に、伊瀬君が手伝ってくれないから仕事が片づかないのだ。

こういうとき私はつくづく、これまでの自分がどれほど伊瀬君に頼り切っていたのか思い知る。と同時に、彼がどれほど私の身の回りの世話を焼いてくれていたのかも、思い知らされざるを得なかった。

講義の前日、「計画性がない」と冷たく言い放ちながら資料作りを手伝ってくれた。卒業研究で行き詰まってゾンビのように追いかけてくる四年生に、「この人は自分が理解できても、人に教えるだけのボキャブラリーがありません」なんて辛辣《しんらつ》なことを言いながらもフォローを手伝ってくれた。

――……こうして思い返してみると、伊瀬君はよく私を手伝ってくれた。

伊瀬君は、私を嫌っていたはずなのに。ひどいことを言われたし、冷たい視線も浴びせられたし、何より教師として尊敬された覚えがない。実際私が、彼ほど優秀な学生に何を教えられるのだと問われれば、返す言葉もないくらいだ。

けれど、それでも、伊瀬君は私の研究室を選んだし、気がつけばいつも私の傍らにいてくれた。夏合宿のときだって、なんだかんだと悪態をつきながら、暑さに喘ぐ私に冷たい飲み物を持ってきてくれた。山で迷子になったところを追いかけてきてくれた。

あれ、と私は首を傾げる。だって嫌われているにしては随分面倒を見てもらっているような。いや、それともいい年をしたオッサンが右往左往する姿があんまり見苦しいから嫌々手を貸してくれていただけなのだろうか……？

目の前の真っ白な資料から逃げるように思考に没頭しようとしたら、研究室にぞろぞろと四年生が入ってくるのが見えた。途端に私はあたふたと立ち上がる。

案の定、卒論の提出を控えた四年生は私を見つけるとダッシュでこちらに近づいてこようとする。この時期の四年生は何かしら質問を抱えて私のところにやってくる。

「春井先生！　ちょっと質問が……！」

「ごめん、ちょっと生協に行ってくるよ、すぐ戻るから、質問はその後で……！」

四年生の言葉に自分の言葉を無理やりかぶせ、学生たちの脇をすり抜けて私は一目散に研究室を飛び出した。以前松田君の作ってくれたプログラムではないが、今質問など受けたら確実に私はパンクしてしまう。短い時間でもいいから、一人になって休憩をとりたかった。

呼び止める学生たちを振り切って私がやってきたのは、しかし生協ではなくゼミ棟の裏庭だった。

小さな花壇がぽつんとあるだけのその場所に人気はない。夏の間は見事にバラが咲き誇っていた花壇も、今は蕾《つぼみ》ひとつなくひっそりとしたものだ。

上着も持たずに飛び出してきたものだから、吹きつける風が冷たい。でも今は寒さより、ひとりになれた安堵感の方が大きかった。

セーターの上から二の腕をさすりながら、ぼんやりと花のないバラの花壇を見下ろしていると、いつか耳にした伊瀬君の言葉が思い出された。

『貴方は、バラに似ている』

あれは確か夏合宿のときに聞いたのだったか。最近の彼の恋文にもよく出てくる一文だ。

――……あの恋文も、このまま伊瀬君がゼミにも研究室にも姿を見せなくなってしまえば未完成のまま終わってしまうのだろうか。私の机の中で積み重なっていった書きかけの手紙も、誰に宛《あ》てられることもなく色褪せていくのか。真冬の花壇のように。

色のない花壇をじっと見詰めていたら、背後でジャリ、と砂を踏む音がした。

とっさに私は、範先生かな？　と思う。今までこの場所で会う人といったら、花壇に水を遣りに来る範先生くらいのものだったから。

私は無防備に振り返り、そこに予想とは違う人物を認めてギョッと肩を強張らせた。

「こんにちは、春井先生」

寒風が吹き抜ける裏庭で、糊《のり》の効いた真っ白な白衣を羽織ってそこに立っていたのは、竹中先生だ。うちの学部は滅多に薬品を扱うことはないのだが、竹中先生は授業で板書するとき服にチョークの粉が落ちるのを嫌って、いつも自前の白衣を身につけている。

竹中先生は軽やかに前髪をかき上げると、ヒョイと私の背後を覗き込んだ。

「今日は伊瀬君、一緒じゃないんですね」

はぁ、と落ち着かない気分で私は頷く。だって竹中先生がここにいる意味がわからない。これまで一度だって裏庭に来たことなんてなかったのに。それもわざわざ私がいるときを狙《ねら》ったように現れて。

まるで、研究室を出た私の後をついてきたみたいじゃないか……？

「そ、そんなに四六時中一緒にいるわけじゃありませんよ。伊瀬君はまだ、三年生ですし」

今にも後ずさりして逃げ出したくなるのを堪え、私は笑顔を取り繕う。竹中先生は白衣のポケットに両手を入れ、そうですか？　と首を傾げた。

「なんだか伊瀬君は、見るたび貴方の後ろに立っていたような気がしますけどね」

——まさか、と言いかけて、息が乱れた。

確かに思い返してみれば、伊瀬君は私が重い荷物にてこずっているときや手に余る問題を抱えているとき、必ず私の傍らにいた気がする。研究室に至る長い廊下だって、何度彼と一緒に歩いたかわからない。彼に荷物を半分持ってもらいながら、叱責《しっせき》に似た助言を与えられながら。

黙り込んでしまった私を見下ろして、竹中先生はゆっくりと反対側に首を回した。

「そういえば、最近彼を見かけませんね。以前は暇があれば貴方の研究室に入り浸っていたようなのに」

それも確かに、そうだ。伊瀬君は、まだ研究室が確定していない三年生にしては珍しく、足繁く研究室を訪れる生徒だった。他愛ない会話を、一日一度は彼としていた気がする。

あの声を、もう何日聞いていないのだろう。指折り数えようとしたところで、竹中先生の視線とぶつかった。

「あ——……あぁ、そう、ですね。最近は、あまり研究室に来ません……。ゼミも、ここのところ休んでいて……」

「ゼミに来ない？」

急に竹中先生の声が弾んで私の心臓がギュッと竦み上がる。見なくても、竹中先生の顔に笑みが浮かんだのがわかった。何を考えているのかささえ手に取るようにわかって、私は俯きながらずり落ちてくる眼鏡のフレームを指で押し上げる。

「……風邪を、ひいているそうですが」

「風邪ですか、本当ですかね？」

間髪入れずに問い返す竹中先生の声はどこか楽しそうですらあった。期待に満ちているとでもいうのか。私が何も答えないでいると、先生は歌うような口調で言った。

「私のところでも、毎年二、三人出ますよ。風邪だと言ってゼミに来なくなる学生が」

声に、隠しきれない笑いがにじんでいる。私は茫洋《ぼうよう》とその言葉に耳を傾ける。

「多くは研究室の雰囲気が思っていたのと違うと言って、そのままゼミには出てこなくなります。それきり、四年になったら研究室を替えてしまうことが多いですね」

ゼミと最終的な研究室は別物ですから、と言って、今度こそ竹中教授は息を潜めて笑った。

……だから私は、そうなのかな、と思う。

できれば考えたくないことだったのだけれど、伊瀬君はいよいよ私の研究室に見切りをつけてしまったのかもしれない。今までだって伊瀬君は私を見下す態度を隠さなかったから、それはさほど驚くべき事態でもなかった。

それなのに、伊瀬君に嫌われていることもちゃんと自覚していたはずなのに、こうして私から離れていこうとする彼の姿を想像すると、どうしてこんなに胸の奥が寒くなるのだろう。

「研究室を移るつもりかもしれませんよ、伊瀬君は」

ためらいもなく言い切った竹中先生の前で、ゆらりと視界がひしゃげた、そのとき。

「――随分勝手な推測ですね」

人気のない裏庭に、凜とした声が響き渡る。

背後から聞こえたその声にハッとして振り返ればそこには、今まで見たどの瞬間より不機嫌な顔をした伊瀬君がいた。

伊瀬君は足早にこちらへ歩み寄ると、私の隣に立って真正面から竹中先生を見据えた。

「少ない判断材料で結論を急ごうとするのは、浅はかな人間のすることですよ」

竹中先生らしくもない、と言って伊瀬君は笑ったが、斜め下から見上げるそれが冷笑であることは私にもよくわかった。

竹中先生は最前からの笑みを絶やさぬまま、その場でゆったりと腕を組んだ。

「学業に熱心な君が長く休んでいると聞いたものだからね。今の環境に嫌気でも差したのかとくらい思うさ」

私を目の前にしていても、竹中先生の言葉に遠慮はない。いたたまれなさに俯こうとしたら、伊瀬君の鋭い声がそれを止めた。

「お言葉ですが、自分の都合のいいように物事を解釈しようとする視野の狭い教授の下で研究するよりは、ずっといい環境にいると思っていますよ、僕は」

その発言には隣で聞いていた私の方がひやりとした。目の前で、それまで笑顔だった竹中先生の顔からすぅっと表情が消えたものだから、なおさらだ。

「大体、風邪をひいていたときちんと連絡も入れておいたはずなのに、どうして結論がそんなに飛躍をしてしまうのか――……」

「い……伊瀬君、ちょっと……」

竹中先生の顔色にも気づかず伊瀬君はさらに言い募ろうとするから、私は慌ててその腕に触れる。伊瀬君はそれでフツリと言葉を切ると、一瞬こちらを見下ろして、ものも言わずに私の手首を摑んだ。

「……行きますよ」

短く言い捨て、もう竹中先生には目もくれず伊瀬君は私の手を掴んだまま歩き出す。

私は伊瀬君に引きずられるようにして歩きながら、竹中先生を振り返って会釈をしようとしたのだけれど、先生はもう花壇の方に体を向けてこちらを見ようとはしなかった。

早足で歩く伊瀬くんに手首を引っ張られながら、私は震える溜め息をつく。

「……あんな言い方は失礼だよ、伊瀬君……」

私が呟くと、伊瀬君は急に足を止め怖いくらい思い詰めた顔でこちらを見下ろしてきた。

「失礼なのはどちらです。あんなふうに言われて、貴方は腹が立たなかったんですか」

「それは、そうだけれど……」

本当のことだから、と言いかけた私の言葉を遮って、伊瀬君は強い口調で言った。

「僕は不愉快です。僕の与り知らないところで、さもわかったように僕を語られるのは嫌だ」

そこで私は初めて伊瀬君の言動に違和感を覚える。いつもは理路整然と、平淡な声で語る彼が、今日はやけに感情的だ。考えてみれば、伊瀬君がいつまでも私の手首を掴んで離さないこの状況もおかしい。繋いだ手を見下ろして、私はやっと違和感の理由に気づいた。

伊瀬君の手が、ひどく熱い。

もしかして、と私は慌てて伊瀬君の顔を見上げる。思った通り、少し頬が上気しているようだ。目も潤んでいる。

「伊瀬君……君まだ、熱があるんじゃ……？」

今まで風邪をひいて休んでいたというし、もしかするとまだ完治していないのかもしれない。

けれど伊瀬君は私の言葉など耳に入らなかった様子でゼミ棟まで私を引っ張ってきてしまう。この様子では、研究室まで私を連れていくつもりらしい。

「不愉快です。自分のことは自分で決めます」

「う、うん、そうだよね……それはわかったから、今日はもう……」

目の前の広い背中に、帰った方がいいよと言おうとした、その刹那《せつな》。

「自分の師を貶されるのも、大変に不愉快です」

ゼミ棟の長い廊下に、硬質な声が反響する。

『師』という言葉を、私は頭の中で即座に変換できなかった。一応変換してからも、やっぱり俄かには信じられなかった。

だって伊瀬君はいつも平気で私にひどいことを言うし、尊敬の眼差しどころか、呆れた視線しか向けられたことがない。要領が悪くて仕事を溜め込み、自分の意見も大きな声で主張できない私に、呆れ返っていたはずだ。

最早声も出ず伊瀬君に引きずられて研究室に戻ると、そのまま有無を言わさず私の机の前まで連れてこられた。机上には、手をつけていない書類の山。

「処理能力の限界ですね」

相変わらずキャパが少ない、と、吐き捨てるように呟いて伊瀬君は私を椅子に座らせる。

「資料をまとめる仕事くらい助手に任せなさいと言ったでしょう。レポートの採点は院生にやらせなさい。小テストはどうせ成績には反映されないのでしょう？　生徒の理解度を確かめるだけなら教科書の問題をそのまま出したらどうです。どうせ事前に章末の問題を解いてくるほど熱心な生徒はいないはずですよ」

無秩序に積まれていた仕事の山が、目の前で美しく分類されていく。淀《よど》んでいた水が一気に流れるように、伊瀬君の言葉が処理不能と思われた目の前の仕事を押し流す。

その声に気づいたのか、周りに四年生も集まってきた。

「よかった、伊瀬が復活した！」

「プログラムがどうしても途中で止まるんだよ、重すぎるのかなぁ？」

「待ってください、今見ますから」

ばさばさと書類を分けながら、伊瀬君は当たり前のようにそう答える。私の仕事はどんどん減っていく。見る間に重圧が軽くなる。

どうしてだろう。伊瀬君は私を思い切り貶すのに、かける言葉はどこまでも冷たいのに、最後はこうして私の負担を減らしてくれる。奇妙に優しい。

呆然《ぼうぜん》とする私の前で資料を分け終えた伊瀬君は、バサリとそれを机に放って踵を返した。

「後でまた来ます。他に仕事があったら言ってください。いい加減、他人に仕事を振る術も覚えてくださいよ」

「あ、ま、待って！」

そのまま待ち構える四年生たちの元へ向かおうとした伊瀬君を、私は慌てて呼び止めた。

「い、伊瀬君、声がひどいよ、飴《あめ》あげる」

やはりまだ風邪が治り切っていないのだろう。しばらく喋っているうちに伊瀬君の声はガサガサと掠れて、苦しそうだった。

あたふたと机の引き出しを開けて、取り出したのはニッキの飴が入った丸い缶だ。ニッキなんて今時の若い子はあまり食べないかもしれないな、と思いながらもおずおずと缶ごと差し出した。伊瀬君は、軽い瞬きの後ゆっくりと指を伸ばしてそれをつまむ。からん、と乾いた音を立てて飴玉を口に放り込んだ伊瀬君は、私の目を見て、静かな声で言った。

「……ありがとうございます」

そう言った瞬間、普段は微動だにしない伊瀬君の目がほんの少し緩んだ、気がした。

――……伊瀬君は優しくない。

優しくないのに、時々こういう顔をして私を驚かせる。

「い……伊瀬君…っ…！　あの――…っ…」

再び私に背を向けようとした伊瀬君を、またしても呼び止めてしまった。今度はなんだとばかり眉根を寄せて振り返る伊瀬君は、一瞬見せた穏やかな顔など吹き飛ばした不機嫌な顔で、それでも私は、勇気を振り絞って口を開いた。

「よ、四年生になったら……研究室、替えるの……?」

机の上で強く掌を握り締め、一心に伊瀬君を見上げて私は尋ねる。どう見たって『替えないで欲しい』と言っている顔で。

そんな私を、伊瀬君が無表情に見下ろしている。当たり前だ、数日前は私から伊瀬君に他の研究室に移った方がいいと言ったのだから。何を今更、と思われて当然だろう。

伊瀬君は眼鏡の奥で何度か瞬きをした後、ゆるりと口を開けた。唇の隙間に、白い飴が見え隠れする。カラリと小さな音の後に、伊瀬君の声が続いた。

「替えませんよ」

ポン、と。放り捨てるようにぞんざいに。なんら感慨もなく伊瀬君は言い放った。

私は伊瀬君を見上げたまま大きく目を見開く。握り締めた指先や張り詰めた肩から、一気に力が抜けていくのがわかった。

「……替えない、の?」

「替えませんよ。貴方が僕を扱いにくいと思っていようがなんだろうが、僕は僕の意思でこの研究室にいます。貴方の言葉に従う理由はありませんからね」

「え、あっ……！　ち、違うよ、私は、あれはそういう意味で言ったんじゃなくて……！」

慌てて訂正しようとした私の顔に、いきなり伊瀬君がグッと顔を近づけてきた。

互いの眼鏡の縁が触れるんじゃないかと思うくらいの近さで、伊瀬君はジッと私の顔を覗き込む。私は蛇に睨まれた蛙《かえる》よろしく、まったく身動きがとれない。

「研究室は移りません。恋文だってまだ書き終えていないんですから」

フッと鼻先をくすぐったのは、ニッキの匂い。甘辛いそれにやたらくらくらして目を回しそうになったら、スッと伊瀬君が体を引いた。

そして、私だけに聞こえるように、潜めた声で囁く。

「やらせてください、では、駄目なんでしょう?」

そう言って伊瀬君は、少し、ほんの少しだけ、唇の端を持ち上げるだけの悪戯《いたずら》めいた顔で笑った。

まだ見たことのなかった伊瀬君の表情を目の当たりにして、私は言葉を失う。こういう年相応の顔もするんだと思ったら、ビリビリと背筋に震えが走るほど驚いた。どうしてだか、じんわりと耳が熱くなる。

伊瀬君が笑った。それだけで、私は。

「ぼんやりしていないで早く仕事に取りかかってくださいよ、春井センセイ」

私を『先生』と呼びたがらないこの生徒に、心臓ごと持っていかれてしまった気がした。

『貴方のことが好きです。こんなことを突然言われて驚かれるかもしれませんが、僕はずっと前から貴方のことを見ていました。貴方は、バラの花に似ている。貴方の乾いた白い指や、骨張った肩や、飛び出た手首の骨に、僕は何度でも目を奪われます。さわってみたい、と思います』

うぅん、と私は低く唸る。

場所は研究室。時刻は昼休みの直前で、授業中だから室内には私以外誰もいない。

私が頭をかきむしりながら目を通しているのは伊瀬君の恋文だ。

最初と比べると大分よくなった……ような気もするのだが、やっぱり伊瀬君の文章は独特で、言われなければ恋文なのか呪《のろ》いの手紙なのかよくわからない。特にこの文章の後半なんて、褒めているのか貶しているのか微妙なところだ。

——……バラに似ていると言った端から、どうしてこんなミイラみたいな表現が出てきてしまうのか。

女性の華奢な体のラインを表現したかったのかなぁ、と首をひねりながら、私は赤ペンで問題の部分に波線を引く。

紙からペンを離したところでチャイムが鳴った。文面はまだ長々と続いていたが、そろそろ弁当を抱えた学生が研究室に来る頃だと、私は恋文をそっと机の引き出しにしまった。

顔を上げれば、私の右手から背後にかけてL字に広がる窓ガラスから、眩しいほどの新緑が目に飛び込んでくる。

もうすぐ五月。伊瀬君は四年生になって、今も私の研究室に籍を置いている。三年生のとき彼専用の自習机だった窓際の席は、そのまま四年生になった伊瀬君の席になっていた。

私は肘をついて、今は無人の伊瀬君の席を眺める。

最近、どうしてかあの場所に伊瀬君がいるのを見るとザワザワと落ち着かない気分になる。外からの緑が伊瀬君の白い頬に淡い影を落として、それがあんまり綺麗だから見とれてしまうのだろうか。カタカタとパソコンのキーを叩き、一向にこちらを見ようとしない伊瀬君の顔から、目を逸らせなくなってしまうことが多い。

今度は机の引き出しに視線を落として、私は軽い溜め息をつく。

伊瀬君はプリントアウトした手紙を私に預けて添削を依頼するものの、それを持って帰ることはせずその場で一読して返してしまうから、引き出しにはもう、何通、何十通に及ぶ伊瀬君からの恋文が入っている。数学用語を多用していた初期のものから、やらせてくださいと言う代わりにさわらせてくださいという言葉を使い始めた一見変質的なもの、さらにバラの花とミイラを同列に扱う最新のものまで。

これらに目を通すのが最近辛くなってきた、などと言ったら、伊瀬君はどんな顔をするのだろう。一度引き受けたものは最後までやり遂げてください、と冷たく言い放たれて終わりだろうか。

——……他人の想いを受け止めるのって、案外しんどい。

引き出しに手をかけ、でもそれを開けることはせずに私はぶらぶらと脚を揺らす。

別に、私宛ての手紙を読んでいるわけではないのだけれど、それでも文面から伝わってくる伊瀬君の気持ちをストレートに受け止めるのは手紙を読む私なわけで、それが最近、どうかすると億劫《おっくう》になってしまう。

読んでも読んでも、伊瀬君がどんな相手に恋をしているのかはわからない。けれど、伊瀬君が本気でその相手に焦がれていることはわかる。それを第三者である私が読むのは、どうなのだろう？　相手はどんな人だろうかと、最近はそればかり考えてしまう。

指先でカタカタと引き出しを揺らしたら、廊下の外から賑やかな声が近づいてきた。

来たかな、と引き出しから手を離せば、案の定すぐに研究室の扉が開いて四年生たちが入ってきた。コンビニ弁当や、生協で買ったパンや、紙パックのコーヒー牛乳を手にぞろぞろとやってきた学生の中には、四年生のムードメーカーとも言うべき小松平君の姿もあった。

去年の夏合宿で伊瀬君に『世界満腹化計画』というアイデアを与えた彼は、四年になってもその独創的な発想で『金閣寺大改造計画』とやらを卒業研究のテーマにしようとしている。

詰まる話が古くからこの研究室で繰り返されてきた街の外観についての研究なのだろうが、相変わらずネーミングセンスが突出していて面白い。

楽しそうに雑談に興じながら弁当を食べる学生たちを見ていたらお腹《なか》が空いてきて、私もここで昼食をとることにした。鞄の中から、学校に来る途中で買ったおにぎりとペットボトルの茶を取り出す。梅オカカとゴマ和え昆布のおにぎりをいそいそと机に並べていると、唐突に小松平君が大きな声を上げた。

「そういえば、伊瀬に好きな奴がいるって知ってた⁉」

室内にいるのは私と、小松平君を含めた五人の学生。その手が、いっせいに止まった。しばしの静寂が訪れ、窓の向こうで木々の揺れる音が聞こえてくる。

直後、怒濤《どとう》のような絶叫が室内にこだました。

「何それ！　マジで⁉」

「伊瀬が⁉　あの伊瀬が⁉　冗談だろ！」

やっぱり、そういう反応になるよね……、と、私は力ない手つきでおにぎりのパッケージを破った。伊瀬君はいつも能面のように表情が変わらないし、声が感情的になることも少ないし。唯一あるとすれば私を叱責するとき苛立ちが露わになるくらいで、滅多に感情らしい感情を他人に見せない。

色恋沙汰に最も縁遠い男。そう思われても仕方ないだろう。私だって伊瀬君が恋文を書いているのを知らなければ、今の小松平君の言葉に物凄く驚いたに違いない。

伊瀬君の隣の席に座った小松平君は、不貞腐《ふてくさ》れたように唇を尖《とが》らせて壁に背中を預けた。

「本当だっての！　だって俺、聞いたもん。この前村瀬先輩ん家で飲んだとき、べろべろに酔った伊瀬がそう言ってたんの聞いたの！」

「えー？　それ、先週の金曜日の？」

「あぁ、あんときはお前らひどかったよなー。よってたかって伊瀬のこと潰そうとしてただろ。ウィスキーの日本酒割りとか飲ませて」

「だぁって！　一回アイツがぐでぐでになったところ見てみたかったんだよ！」

わかるけどさぁー、と周りから呆れたような声が上がる。

一方の私は自分の頬が青白くなっていくのを止められない。いつの時代も男子学生は怖い飲み方をするな、と人知れず背筋を凍らせる。

私が震えている間にも、部屋の隅では話がどんどん進んでいるようだ。

「それで、村瀬先輩が伊瀬に好きな奴とかいないのかって訊《き》いたんだよ。そしたら伊瀬が、いるって。目とか完璧据わって首グラグラになりながらそう言うからさぁ」

「それ本当に質問の意味わかって答えてたのかよ？」

「だって適当なこと言ってるにしては具体的だったぞぉ？　この学校の奴で、年上で」

「何、うちの生徒なの？」

さすがに周りの生徒たちが色めき立つ。私もうっかり身を乗り出してしまいそうになって、それを堪えるように梅オカカのおにぎりにかぶりついた。

伊瀬君の好きな人。よく考えたら私はそれがどんな人物なのか具体的な情報は何ひとつ知らないのだ。自然、小松平君の言葉に耳をそばだててしまう。

「いやぁ、先輩なのかなーって思ったら、違うみたいでさ。なんか伊瀬の奴、うちの学校の先生に惚《ほ》れてるみたいなんだよね」

えぇっ！　とまたどよめきが上がった。だから私の『うぐっ』という小さな呻《うめ》きは多分彼らの耳に届かない。驚きすぎてうっかりおにぎりを喉につかえさせてしまった。

私は茶でおにぎりを流し込むと、なんとか息を整え軽く胸を叩いた。

これは、驚きだ。まさか伊瀬君がうちの学校の、しかも教員にあの恋文を送ろうとしていたなんて。

「でもさー、先生なんて望み薄くねぇ？　伊瀬、本気なの？」

もぐもぐとたらこマヨネーズパンを頬張りながらそんなことを言う学生に、小松平君は強く拳を握ってみせた。

「いや！　伊瀬は本気だったぞ！　てゆか、村瀬先輩も同じこと言ったんだよ、先生なんて無理無理って、そしたら伊瀬の奴軽くキレて！」

「えー？　伊瀬が？」

「そうそう、なんか、本気で頑張ってるみたいだった！」

恋文まで書いてくるくらいだしねぇ、と私は胸の中で相槌を打つ。小松平君は空になったコンビニ弁当の容器を脇にどけると、デザートだろう大きなミルクプリンを開けながら神妙な顔で呟いた。

「なんか結構、暇さえあればその先生の所に行ってるみたいだし。ちゃんと声かけたりしてるらしいよ？」

「そういえば伊瀬っていつも単独行動で、休み時間とかフラッとどっか行っちゃうよなぁ」

「足繁くその先生の所に通ってる証拠だろ」

昆布のおにぎりを開けながら、私は熱心に聞き耳を立てる。そうか、伊瀬君はたびたびその先生の所に行っているのか。そのわりにはうちの研究室に顔を出していることが多いけれど、いったいどのタイミングでそちらに足を向けているのだろう？

「しかもその先生がちょっと気の弱い人らしくって、よく他の先生に苛《いじ》められてんだって」

「げー、苛めって、うちの学校にそんな陰険なことする先生いんの？」

「だから、庇《かば》ってあげたりしたこともあるって。これって結構ポイント高くない？」

だよなー、と周りから感心したような声が上がる。

伊瀬君は、意外に面倒見がいいらしい。そういえば以前私が竹中先生にネチネチと絡まれているときもタイミングよく現れてその場から連れ出してくれた。

「あと意外に本気でくっついちゃうかなって思ったのが、伊瀬とその先生、夜道で一緒になったとき手とか繋いで歩いたことあるらしくって」

マジかー！　と歓声が上がった。

もぐ、とおにぎりを咀嚼しながら、私は段々視線が下がっていってしまう。これは本当にいい雰囲気なんじゃないかと思ったから。恋文なんて、もう必要ないくらいに。

それにしても教師と生徒が夜道で手を繋ぐってどういう状況だろう。まさか私と伊瀬君が以前合宿先の山道でそうしたように、伊瀬君が眼鏡をなくしてしまったから、なんてわけでもないだろうし。だとしたら、相手の先生にもかなりその気があるのでは……？

「それにしてもよくそんなことまで教えてくれたなぁ、伊瀬」

「そりゃあウィスキーの日本酒割りグイグイ飲まされてるからさぁ」

「村瀬先輩も悪乗りしちゃって、その先生のどんなところが好きなんだ、とか根掘り葉掘り訊き始めちゃうし。でも、話聞いてて俺思ったんだけど、伊瀬ってちょっと趣味変わってるかもしれない」

なんで、と他の学生が小松平君に詰め寄る。小松平君は透明なプラスチックのスプーンでプリンを掬《すく》いながら、少し顔を顰めてしまった。

「なんか、その先生ってちょっと、頼りなさすぎるっていうか。漫画のキャラみたいな？　伊瀬の眼鏡踏んで壊すとか、どんなドジっ子だよっていう」

眼鏡を踏んで壊す。

その言葉を耳にした瞬間、ドキーン、と、肋骨の内側で心臓が大きく跳ねた。

それと同じことを、私もしたことがあったからだ。まさかそんな間抜けなことを自分以外の人間もしでかしているとは夢にも思わなかった。

そう……自分以外の人間、の、話を聞いているはず、なのだから。

「ひっでー！　そんなことされて伊瀬よく怒らなかったな？」

「いや、伊瀬って超目が悪いじゃん？　だから眼鏡外すと何も見えなくなるらしくって、歩くに歩けなくなっちゃったからその先生に手を貸してもらえてむしろ役得だった、とか言ってた」

「てゆか伊瀬眼鏡壊しすぎじゃね？　あいつ夏合宿のときも山道ですっ転んだとかで眼鏡壊してたよな？」

ギャハハ、と笑い声が上がる。その声に煽られるように、心臓の鼓動がいっぺんに速度を上げた。だって、その状況を私は知っている。まさしく私が体験している。

——……いや、まさか。私は無意識に半笑いになって首を振る。

まさか、そんなことがあるわけもない。だって伊瀬君は男子学生で、私なんて四十も越えたオジサンで、あるはずがないのだ、そんなこと。そうでなくたって私は伊瀬君に嫌われているんだし、すぐ睨まれるし、駄目出しされるし、まともに先生とも呼んでもらえないし。

「でもさー、伊瀬がそんだけ熱烈にアタックしてるんだったら相手の先生も気づいてるんじゃないの？　なのに何も言ってこないってことは脈なしなんじゃ？」

「ていうより、本気で気づいてないらしいよ。伊瀬の気持ちに」

「それ鈍すぎだろ。ダメっ子にも程があるだろ」

「だから伊瀬も時々イラッとすることあるらしい。かなり直球投げてるつもりなのに全然気がつかなくって、だからつい意地悪しちゃったりしてさ」

「中学生日記かよ。むしろ伊瀬の意地悪とかリアルに怖いだろ」

――……意地悪。

いや。いやいやいや。伊瀬君のあれは意地悪とかそんな可愛《かわい》い言葉で済むものではないし。私は伊瀬君に本気で嫌われているし。あり得ない、あり得ない。絶対、ない。

気がつけば、おにぎりを握り締めたまま私は長く硬直していた。手の中でおにぎりがひしゃげて、中から昆布が飛び出している。

まさかまさか、落ち着け私、と昆布を頬張っていると、また学生たちの賑やかなお喋りが耳に飛び込んできた。

「でもそんな先生のどこがいいわけ？　よっぽど美人とか？」

「あー、なんか、伊瀬も後半はべろべろになっちゃって何言ってんだかよくわかんなくなっちゃったんだけどさー」

　空になったプリンの箱をコンビニの袋にしまいながら、小松平君は天井を睨んだ。

「なんか、海だったか星だったかを、ウサギの行進とか言っちゃうようなところがいいんだってさ」

「はぁ？　何それ、不思議ちゃん？」

　ヒュッと息を吸い込んだら昆布が喉を直撃した。これにはたまらず思いっ切り咳き込むと、部屋の隅で弁当を囲んでいた学生たちがいっせいにこちらを見た。

「あれ、春井先生いたんですか？」

　小松平君がのどかな声を上げ、私は涙目になりながら片手だけ上げてみせる。私の席は入口から一番遠いところにあるし、机の上には何台もパソコンが置かれているし、座っていると私の姿が見えなくなってしまうことも間々あるのだ。

　ゴホゴホとむせている間に、小松平君たちの話題は別のことに移ってしまったようだ。

　私はなんとか息を整えると両手を机の上に放り出して呆然と宙を見詰めた。

　信じられない。まったく信じられないことだが、伊瀬君の好きな人というのは、私――のようだ。だってあまりにも、先程の小松平君の話と私は共通する点が多すぎる。

　いや、まさか。伊瀬君みたいに若い、しかも眉目秀麗な子が、どうして私のような枯れたオジサンを好きになるというのか――……。

　そこまで考えたところでハッとして私は机の引き出しに手をかける。他の学生が同じ部屋にいるような状況で、普段なら絶対取り出さない伊瀬君の恋文を出して食い入るようにその文章を読んだ。

『貴方の乾いた白い指や、骨張った肩や、飛び出た手首の骨に、僕は何度でも目を奪われます』

この文章。どう考えても年若い女性に宛てるにはおかしいと思っていた。単に伊瀬君の言葉のチョイスがおかしいだけだとも考えたけれど。

そうでなく、これを四十も越えた男性に宛てた手紙としたらどうだろう。

乾いた白い指も、骨張った肩も、手首の飛び出た骨も、今こうして伊瀬君の手紙を持っている私の手、そのものではないか。

じわじわと耳が熱くなる。まさかそんなはずはないと思ってみても、あまりにたくさんの状況証拠が並んでしまって、すぐには目の前の仮説を覆すことができない。

その上こんなときに限って、先日伊瀬君に言われた言葉が蘇る。

『自分の師を貶されるのも、大変に不愉快です』

普段私をろくに先生扱いしないくせに、あんな微熱混じりの横顔で、さらりと私を師と言ってのけた。だから、もしかすると、伊瀬君は私が思うよりもちゃんと私を先生とみなしてくれているのかもしれない。

そうなのかもしれない。もしかすると本当に、そうなのかもしれない。

だったら、と私は速度を上げていく心音に耳を傾けながら考える。

もしも本当に伊瀬君の想い人が私だったとしたら、私はいったい何をすべきだろう――

……？

ゴクリ、と喉を鳴らし、私は手紙の余白を睨みつけた。

――……決まっている、伊瀬君を思いとどまらせるのだ。

前途ある若者が、いったい何をどう間違ったのだか知らないが私のような若くない、うだつの上がらない、しかも同性に傾倒してしまうなんてあってはならないことだ。

私は机の上で拳を握り締める。そうと決まれば、まずは伊瀬君から実際に話を聞かなければならない。もしかしたらまだ私の思い違いという可能性もあるのだし、何気なく伊瀬君の真意を聞き出さなくては。

私は早速作戦を練る。伊瀬君に怪しまれないよう、そっと真実を聞き出す方法を思案する。

机の上に置き去りにされたひしゃげたおにぎりを食べるのも忘れ、私はあれこれと策を巡らせ続けた。昼休みが終わったのにも気づかずに。

午後一にある授業のことも忘却の彼方に消し去って考え込んでいたら、数分後、鬼の形相で伊瀬君が研究室に乗り込んできた。運悪く伊瀬君がその授業を履修していたからだ。

「与えられた仕事くらいまっとうしなさい。それで給料をもらっているんでしょう」

研究室に入るなり、私を蹴り飛ばす勢いで外へ連れ出し、大股《おおまた》で教室に向かいながらそう言った伊瀬君の声は本当に冷たくて、やっぱり伊瀬君が私を好きだなんて何かの間違いじゃないかと思ってしまう。

でも、もしも間違いじゃなかったら——……。

伊瀬君の広い背中を見上げ、私は唇を固く引き結んだ。

絶対に、伊瀬君には真っ当な人生を歩んでもらうんだ。胸の中で強くそう繰り返しながら。


まずは伊瀬君本人から想い人に関する情報を集めなければならない。しかしどうやって聞き出そうかとジリジリ悩んでいた私だが、機会は思いがけずすぐにやってきた。

「あれ、春井先生どちらへ？」

放課後の研究室、長いこと自分の席でパソコンとにらめっこしていた私がふらりと立ち上がったのに気づいて、松田君が声をかけてきた。私は眼鏡を外してごしごしと目元を擦《こす》りながら、閉架図書、と答える。

「欲しい資料が閉架にあるみたいなんだけど、面倒だから後回しにしてたらやっぱり必要になっちゃって」

「あぁ、わかります。僕も必要な資料が何冊か閉架にいっちゃってるんですよ。早く取りに行かなくちゃいけないと思ってるんですけど、億劫で」

童顔の丸い顔がニコニコと私を見上げる。そして松田君は何も言わない。ただ満面の笑みで私を見上げて黙っている。

こういうとき、根負けするのはいつも私の方だ。

「……だったら、君の分の資料も持ってきてあげようか？」

「えぇっ！　いいんですか？　ありがたいなぁ」

松田君は儀礼的に驚いた顔をしてみせてから、ずらっと本のタイトルが並んだ紙を私に手渡してきた。それを受け取り、私は引きつった笑みを浮かべる。この用意のよさから見て、松田君は私が閉架図書に行くのを待っていて、自分の資料も一緒に持ってこさせる気でいたらしい。

相変わらず調子がいいなぁ、などと口の中でぼやきながら私は研究室を出る。

部屋を出てしばらく歩いたところで、ふいに背後から呼び止められた。

「センセイ、ちょっと待ってください」

ドキッと心臓が跳ね上がる。振り返らなくたって誰の声かよくわかった。微妙に『先生』という部分に嫌そうな響きが混じっているのは、間違いない。

恐る恐る振り返ると、予想通り伊瀬君が私を追って研究室から出てきたところだ。

四年生になってからも、伊瀬君が研究室を自習室代わりに使い続けているのは変わっていない。今日も午後からずっと自分の席でレポートか何かをまとめていた。

伊瀬君は大股で私の元までやってくると、先ほど松田君から手渡されたメモ用紙をピッと私の手から奪い取った。

「……助手の使いっ走りを諾々《だくだく》と引き受けるセンセイの気が知れませんが」

そういう自分も担当教授に向かって大した口の利き方だが、伊瀬君はメモ用紙を一瞥すると心底呆れた顔で私を見下ろしてきた。

「これだけの本を、貴方ひとりで閉架図書から持ち出せるんですか？」

私はとっさに、それくらい大丈夫だよ、と言いかけて直前で口を噤んだ。

閉架図書には、一般の生徒はもちろん、教授陣だって滅多に足を踏み入れない。恐らくあの場所で自分たち以外の人間に出会うことはないだろう。

これは、二人きりで話をする絶好のチャンスではないだろうか。そう思った私は一転して弱音を吐いた。

「む、無理かもしれない……」

「だったら松田先生も連れて――……」

「あっ、いや、できれば…っ…伊瀬君に手伝ってもらいたいな！」

この機会を逃してなるものかとばかり、私は廊下に響くくらい力のこもった声で言い放つ。

そんな私を見下ろして、普段あまり感情を露わにしない伊瀬君が珍しく少し驚いたような顔をした。

「……どういう風の吹き回しです？　いつもは極力僕を避けようとしているくせに」

伊瀬君が訝《いぶか》し気な表情で私の顔を覗き込んできて、ぎくりと背中が強張った。自分ではそんなに露骨に伊瀬君を避けているつもりはなかったのだけれど、本人にはしっかり伝わってしまっていたようだ。

私は泳ぎがちになる視線をなんとか伊瀬君の方に向けて薄笑いを浮かべた。

「い、いやぁ、伊瀬君と資料を探した方が、早く片づきそうな気がして、ね……?」

しどろもどろになる私の真意を推し量ろうとしているのか、伊瀬君は無言で目を眇める。好きな相手を見詰めるにしてはあまりにも鋭いその視線に、やっぱり自分が何か途方もない思い違いをしているのではないかと思い始めた頃、フッと伊瀬君は小さく息を吐いた。

「まぁ、その判断は賢明です。松田先生を連れていったところで、せいぜい頼めるのは荷物持ちくらいでしょうからね」

真面目に本を探すとは思えない、と失礼なことを——しかし限りなく真実に近いだろうことを言い添えて、伊瀬君は私の傍らを通り過ぎた。松田君からもらったメモ用紙を手に持ったまま。

「一時間でよければおつき合いしますよ。貴方一人では夜が明けても終わらないでしょうし、そうすると研究室の鍵《かぎ》が閉められませんからね。今週は僕が先輩から鍵を預かってるんです。貴方を待って帰りが遅くなるのは御免蒙《こうむ》ります」

私を振り返りもせずそう言って、伊瀬君の足はもう図書館へと向かっている。

伊瀬君は相変わらず辛辣なことばかり言っているけれど、結局のところ最後はいつも私を手伝ってくれる。私は伊瀬君に駆け寄ってその背中に声をかけた。

「い、伊瀬君……ありがとう」

一瞬、伊瀬君の歩調が鈍った……ような気がした。けれど伊瀬君は結局立ち止まらず、その後は図書館に着くまで、ずっと無言のままだった。

我が大学の図書館は三階建てで、一階と二階の間、中二階のような部分に渡り廊下がついている。その渡り廊下の先にあるのが、閉架図書だ。閉架図書は図書館に隣接された二階建ての建物で、図書館より一回り小さく造られている。

図書館の中二階には各学部の専門書がずらりと並んでいる。数学、物理の参考書、建築関係の写真集、認知心理学やロボット工学など、その種類は多岐に渡る。しかも並んでいるのは皆授業でも使われないいくらい専門的な資料ばかりで、だから中二階ではいつも学生の姿があまり見受けられない。

そんな中二階の片隅にひっそりと存在する渡り廊下の存在を知る学生がいったい何人いるのだろう。卒業するまで知らずに終わる生徒の方が多いかもしれない。

「……閉架図書に来るのは初めてです」

珍しく私の後ろを歩く伊瀬君がぽつりと呟いたのは、床も壁も緑に塗り潰された鉄筋の渡り廊下を歩いているときのことだ。振り返って私は小さく笑う。

「閉架にあるのは相当古い書物ばかりだからね。普通の学生はあまり足を踏み入れないかな」

「あぁ、なるほど――……」

渡り廊下を抜け、背の高い本棚がずらりと並んだ閉架図書にやってきた伊瀬君は辺りを見回して納得したような声を上げた。

灰色のアルミの棒を繋げて板を渡しただけの簡素な本棚には、表紙の赤茶けた古めかしい本ばかりが並んでいる。ほとんど骨董品と見紛《みまが》うばかりだ。

「……うっかり乱暴に扱うと風化しそうですね」

「そうだね、かなり脆くなってるから雑に扱うと綴《と》じ紐《ひも》が切れたりするよ」

それはそれは、と伊瀬君がげんなりしたような声を出す。インターネットで絶えず最新の資料を探すのが当たり前になってしまった伊瀬君の世代では、こんなふうに古ぼけた本を引っ張り出してくるのが非合理的に見えるのかもしれない。

私はウロウロと閉架図書内を歩き回って目的の本を探す。何度かこの場所を訪れたことはあるから、場所は大体見当がついていた。松田君の探している資料も、私の欲しい資料と同じようなジャンルのものだから、保管されている場所はさほど変わらない。

「たぶん、この辺だね」

当たりをつけて私は伊瀬君を振り返る。その目の前には、大人二人が肩車をしても一番上まで手が届かないのではないかと思わせる背の高い本棚が聳《そび》え立っている。

「……了解です」

伊瀬君は嫌味を言う気力も尽きたようで、リストを片手に黙々と本を探し始めた。

松田君の分を伊瀬君に任せた私は、自分の資料を探しながら何気なく伊瀬君の横顔を窺う。

伊瀬君は顎に指を添え、本の背表紙を素早く目で追っているようだ。

相変わらず、よくできた石膏像のようだな、と私は思う。筋の通った高い鼻や、唇から真っ直ぐ落ちる顎のライン。切れ長の目元にハッとする。

——……こんな子が私を好きかもしれないなんて、やっぱり何かの間違いじゃないだろうか。

改めてそんなことを思い伊瀬君の顔を見詰め続けていると、顔は正面に向けたまま、伊瀬君の瞳だけがこちらを向いた。ふいの流し目に、私の背筋がピンと伸びる。

「……資料、見つかったんですか？」

「えっ！　いや、まだ——……」

「貴方の分までは探しませんよ」

すっぱりと言い切られ、私はすごすごと資料探しを開始する。

そのまま二人して無言で資料を探していたが、私の探す資料は一向に見つからない。ということは、多分私の探している本の在り処《あか》は、この見上げるほど高い本棚の上の方だ。

　仕方がない、と私は部屋の隅に向かう。そこで埃《ほこり》をかぶっていた脚立を引きずってくると、本棚の前にそれを置いて足をかけた。ぐら、と多少揺れたが、この脚立も古いからガタがきているのだろう。気にせず上り続けようとしたら、いきなり伊瀬君に腕を掴まれた。

「何をしているんです、さっきから」

　予想外の強い力にどきりとして見下ろすと、伊瀬君が怖いくらい不機嫌な顔でこちらを見ている。……いや、心配そうな顔、だろうか……？

「あ、う、上の本を取ろうと思って……」

「危なっかしいことを。だったら僕が取ります。落ちてきて頭を打つだけならまだしも、こんな他に人もいないような場所でご逝去されたら殺人事件かと思われる」

「いやいや、そんなに簡単に人を殺さないでよ……！　大丈夫だよ、これくらい。それより、心配だったら脚立を押さえていてくれないかい？　ちょっとグラグラするから……」

　伊瀬君は本当に大丈夫なのかと問うような疑わし気な目でこちらを睨んだ後、諦めたのか私の腕を掴んでいた手を放して脚立を両手で押さえた。

　グッと足場が安定する。伊瀬君が力強く私の足元を支える。

　こういうとき、うっかり私は思ってしまうのだ。自分は自分で思うほど、伊瀬君に嫌われているわけではないのではないか、と。

私は脚立の上まで上り切ると、ドクドクと胸の内で暴れる心臓を宥《なだ》めながら足元の伊瀬君に尋ねた。

「ところでさ、伊瀬君……伊瀬君が恋文を書いてる相手って、どんな人……?」

目の端で、伊瀬君が顔を上げてこちらを見るのがわかった。私は必死で本を探す振りをしながら、言い訳じみた言葉をつけ加える。

「ほら、これから君の恋文を添削するときに、そういうことがわかっていた方が的確なアドバイスをあげられるかな、と思って……」

あぁ、と伊瀬君が低く呟く。それからしばらく沈黙して、珍しく困ったように首を傾げた。

「そうは言っても、すでにこれまでの手紙に大体の特徴は書いてきたつもりですが……」

「あ、うん、じゃあ、性格的なものとか――……」

性格、と繰り返して伊瀬君はまた少し黙り込む。両手で脚立を押さえているから、考え事をするときの癖である唇を触る動作ができないのがもどかしいのか、舌先で唇を舐めてから伊瀬君は口を開いた。

「不器用です。要領も悪い。周りの人間に合わせるのが苦手で、自分の意思を正確に相手に伝えるのも下手だ」

自分の好きな相手を語るにしてはひどい言葉ばかりが続く。その上、どうにも自分のことを言われているような気がしてならない。

こういうのも自惚れと言うのだろうか？　じわじわ耳が熱くなる。

「あまり効率の悪いことばかりしているので、時折苛々することがあります。だからつい手を出してしまって……放っておけないんです」

——……やっぱり、これは私のことを言っているのではあるまいか。

だとすると、もしかするとこれは伊瀬君なりの告白なのだろうか。私に向かって、私としか思えない人物を語りながら、遠回しに真実を打ち明けているのかもしれない。

私はすっかりうろたえてしまって、脚立の上で硬直しながら口早にまくし立てた。

「そ…っ…そんな相手、どこがいいのかよくわからないよ？　話を聞く限りいいところなんてないみたいだし、やめておいた方がいいんじゃないかな、伊瀬君には似合わないような気がするけど……！」

「——……貴方にそんなことを言われる筋合いはないでしょう」

静かな閉架図書内に、じわりと不機嫌さをにじませた伊瀬君の声が響く。

びり、と背筋を震わせるほどの低い声が高い天井に跳ね返って降り注ぎ、私はどんな顔をすればいいのかわからなくなる。そんなにもガラリと声音が変わってしまうほど、伊瀬君は本気なのだろうか。

「……だったら——……好きだって、言ってしまえばいいのに……」

ほとんど無意識に呟いて、館内に響いた自分の声の残響で我に返った。

自ら焚きつけるような発言をした自分にワッと血液が沸騰する。だってこれでは好きだと言って欲しいとねだっているようなものだ。

違う違う、と慌てて否定しようとしたら、それより先にぽつりと伊瀬君が呟いた。

「今すぐ、面と向かって、というのは無理です。うかつに今の関係を壊したくもありませんし……。――……大切な相手なんです」

真摯《しんし》な声で、静かな表情で伊瀬君はそう言った。

私は戸惑う。一転して、やっぱり伊瀬君が好きな相手は私ではないのではないかと思う。だって私は、伊瀬君にこんなに想われるようなことをした覚えなどひとつもない。

「……伊瀬君がその人のことをそんなに好きになったのには、何か理由があるの……？」

それとも私自身気づかぬうちに、伊瀬君は私の何かに惹かれたのだろうか？

とにかく伊瀬君の想い人が私なのか否か判断がつかないうちは落ち着かなくて重ねて尋ねれば、伊瀬君は目を伏せて小さく首を傾げた。

「理由、と言われましても……五年も前に一目惚れしたのに理由があったかどうか……」

「五年前？」

伊瀬君の言葉尻を奪って私は繰り返す。

次の瞬間、肩からドッと力が抜けた。

五年前なら、私は違う。だって五年前、伊瀬君はまだ高校生のはずだ。私と出会っているわけがない。ということは、伊瀬君の想い人は私では、ない。

——……違った。

指先からじわじわと力が抜けていく。よかった、と体の芯から安堵する。安堵しすぎて、へなへなと力が抜ける。背骨がぐんにゃり曲がっていくようだ。上昇した体温が蒸発するかのように引いていく。

嫌だな、こんな反応は大袈裟だ、と、私はこっそり笑みをこぼす。伊瀬君が私なんて好きになるわけがないことくらいわかっていたのに、そんな当たり前のこと。

苦笑いを伊瀬君に気づかれる前に、私は目の前の本棚に視線を戻す。落ち着いて目を動かせば、目的の本は私の顔からほんの少し左斜め上にずれた場所にあった。どれだけ動揺していたのかと自分でも呆れながら、左手を伸ばして本の背に指をかける。

引っ張ったが、本棚にはぎっちりと本が納まっているおかげで抜けない。仕方がないので必要のない隣の本にも指をかける。それでも駄目で逆隣の本にも。

そうしてギリギリと引っ張っても、やっぱり本は抜けない。

——……なんだか、随分と体から力が抜けてしまったようだ。

やれやれ、と溜め息をついてさらにもう一冊、計四冊の本に指をかけて強く引いたとき、なんの前触れもなくぽつりと伊瀬君が呟いた。

「……ただ、その相手は五年前に僕と出会ったことなんてすっかり忘れているようですが」

刹那、私の体に波のような震えが走った。

「わ……忘れてるの……?」

「ええ、忘れているんでしょうね」

――現に貴方、思い出せないいんでしょう?

そんな言葉が続きそうな伊瀬君の言葉に、私の心臓がまた早鐘を打ち始めた。

途端に私はまたわからなくなる。もしかしたら単に私が忘れているだけで、五年前に私たちは出会っているのかもしれない。今の伊瀬君の言葉は、五年前のことを忘れている私に対する当て擦りのようにだってとれる。

だとしたら、まだ伊瀬君の想い人が私ではないと断言することはできないではないか。

「い…っ…伊瀬君……!　五年前って――…っ…!」

どんな状況でその人物と会ったの、と訊こうとして、気が急《せ》いた私は四冊の本に指をかけているのも忘れて伊瀬君の方へ体をひねる。

すると、なんということだろう。先程あれだけ引いてもビクともしなかった本たちが、ずるりといっぺんに本棚から抜けてしまった。

しかも私が手を伸ばしていたのは左斜め上で、その真下、私の左側には脚立を支える伊瀬君がいるわけで。

本棚から引き抜かれた本たちは、嘘みたいにピンポイントですべて伊瀬君の頭目がけて落ちていったのだった。

ドサササッ！　と重い音がして、静かな館内に埃が舞い上がる。私の乗っている脚立がガタンと揺れて、私は左手を伸ばした体勢のまま、宙を見詰めて動けない。

本当はそのまま、いつまでも硬直していたかったのだけれど。当然そういうわけにもいかず恐る恐る視線を下げる。そして、体からいっぺんに血の気が引いていくのを実感した。

「いいいいっ伊瀬君！　ちょっ、大丈夫――⁉」

脳天に四冊もの本――しかもちょっとした辞書並みに分厚い本ばかり――の直撃を受けた伊瀬君は、床に膝をついて片手で後頭部を押さえていた。

私は慌てて脚立を下り、その途中、脳天に本が落下してもなおもう一方の手でしっかりと脚立の脚を持ってくれている伊瀬君に気づいて言葉を詰まらせる。

脚立を下りた私は慌てて自分も床に膝をつくと伊瀬君と視線を合わせようとした。

「伊瀬君…っ…！　ごめん！　大丈夫かい？　頭を打ったんじゃ――……」

言葉の途中、いきなり伊瀬君に腕を掴まれた。

たったそれだけのことでドキッと心臓が跳ね上がる。細い指に似合わぬ強い力で私の腕を掴んだ伊瀬君は、そこでようやく伏せていた顔を上げた。その顔を見て、私は目を瞠った。

「――……動かないでください、その辺りに僕の眼鏡があるはずです」

そう言った伊瀬君は、いつものフレームの細い眼鏡をかけていない。後頭部に本が直撃した衝撃で眼鏡が吹っ飛ばされてしまったらしい。

私は慌てて辺りに視線を走らせる。すると、伊瀬君の斜め後ろに眼鏡が落ちているのを発見した。

とっさに体を倒して手を伸ばす。片方のレンズを掌で包むようにしてブリッジを指でつまむと、同時に耳の穴に伊瀬君の低い声が流し込まれた。

「動かないでくださいと言っているでしょう」

かつてないほど鮮明に響いた声に私は飛び上がって伊瀬君を振り仰ぎ、息を止めた。

肩越しに振り向いた伊瀬君の顔が、あまりに近くにあったせいだ。その近さといったらそれはもう、顔に息がかかるくらい、空気越しに相手の体温が伝わってくるほどだった。

「……なんです、急に黙り込んで」

裸眼で距離感が摑めないのか、伊瀬君は互いの距離に動じたふうもなく目を眇める。伊瀬君が喋ると本当に頰に息がかかって、ブワッと体温が急上昇した。

「い、伊瀬君……眼鏡……い、今、私の、手の……」

突然の出来事に言語が崩壊してしまった私に眉根を寄せ、伊瀬君が背後を振り返る。思い切り目を細め、私の右手が伊瀬君の背後の床に伸びているのがかろうじてわかったのだろう。伊瀬君も空いている方の手を床に滑らせ、次の瞬間、ギュッと眉間に皺を寄せた。

「――……今すぐその手を開いてください」

間近にある伊瀬君の横顔に不穏な気配が漂う。見るまでもなく、私は眼鏡の片方のレンズをがっしりと握り込んで放せない。そう、放せないのだ。

「ゆ、指が、固まって――……」

「何を馬鹿なことを。それとも新手の嫌がらせですか」

「で、できないんだ…っ…本当に……！」

伊瀬君がこちらを向く。また、吐息のかかる距離で見詰められる。そうすると、私の指先はますますガチガチに固まって、動揺が動揺を呼び、自分でも情けないことに半分泣きべそをかいたような声が出てしまった。

「き、君が驚かせるから……！」

「僕のせいですか？」

伊瀬君が片方の眉を上げる。本当は伊瀬君のせいでもなんでもないのは明白だから、私は言葉を詰まらせ、黙り込む。短い沈黙の後、伊瀬君が長く細い溜め息をついた。

「いい加減、学生相手にあまり怯《おび》えないでください」

伊瀬君の吐息が頬を撫で、私は小さく肩先を震わせる。それに気づいたかどうかはわからないが、伊瀬君は片手を伸ばすと眼鏡を握り締めて動かなくなった私の手首をヒョイと摑んで引き寄せた。

「ほら、開いてください」

伊瀬君は片手で私の手を支え、もう一方の手で包み込むように私の手の甲を撫でた。

常にない優しい仕種に、私は仰け反るほど驚いて声も出ない。そんな私の驚愕をよそに、伊瀬君は本棚に背中をつけてその場に座り込んで、ゆるゆると私の手を撫で続けている。

「ひきつけなんて、子供でもあるまいし」

「そそそ、そんなんじゃ——……」

「現に指一本動かせないんでしょう。まったく……フレームが歪んでいたりしたら今度こそ張り倒しますよ」

心底辟易《へきえき》したように言いながら、伊瀬君の指先は強張った私の手をほぐそうと献身的に動き続けている。少し冷たくてしなやかな手で、血管の浮いた私の手の甲をさすり、節の飛び出た指を辿り、指先全体を掌で包んでまた親指で手の甲を撫でる。

言葉とは裏腹に慈しむように私の手を撫で続ける伊瀬君の指から視線を逸らせないまま、さわられている、と私は思った。ふれるのではなく、これは、さわられているのだと。

首筋から、じわじわと熱が上がってきた。伊瀬君が私の手にさわっている。たったそれだけのことなのに、どうしてかとんでもなくセクシャルな現場を目撃している気分になって、背中に妙な汗が浮いてくる。

こんなのはおかしい、と額に汗まで浮かべて私が思っていると、それまで私の肌の上を往復しているだけだった伊瀬君の手が、やおら強く私の手を握り締めてきた。

驚いて、顔を上げる。正面に、じっとこちらを見る伊瀬君の顔があった。

「――……もっとこうしていて欲しいですか？」

静寂に満ちた閉架図書館内に響いた伊瀬君の低い声に、ビクリと背筋が震えた。

それはきっと、ずっとこうされているのが嫌なら早く手を開け、という意味だったのだろう。けれど私はその瞬間、なんだか恐ろしく甘い睦言《むつごと》でも囁かれた気分になって、全身の血が沸騰したようになって、指先から、いっぺんに力が抜けてしまった。

私の手を下から支えていた伊瀬君の手の上に、パタリと眼鏡が落ちる。

――は、と私の唇から安堵の溜め息が漏れた。

息を吐く間に、私の手を包んでいた伊瀬君の指先がそっと離れた。随分とゆっくりとしたその動きがどことなく名残惜し気に感じたのは、多分、私の気のせいだろう。

私は大きく息をつくと精一杯の平常心をかき集める。狂った心音を無理やりなかったことにして、改めて伊瀬君に頭を下げた。

「ご、ごめんね、伊瀬君……私の不注意で……。ケガなかった？」

「僕は無傷です。でも本は多少傷んだかもしれません。……いい加減、年相応の落ち着きを身につけてもらえませんか、センセイ」

もうすっかり普段の口調に戻った伊瀬君に抑揚も乏しく言われてしまい、床に無残に散らばった本を横目に、私はぐぅの音も出ずもう一度伊瀬君に謝った。

伊瀬君は座り込んだまま眼鏡のフレームが歪んでいないかチェックしているようだ。私はその傍らで本を拾い集めるが、沈黙しているとやたらと自分の心音が耳についてしまって、とにかく静寂から逃れようと先程口にしかけた質問を改めて伊瀬君にぶつけてみた。

「あ――あの、さっきの話の続き、なんだけれど……五年前、伊瀬君はどんなふうにその人と出会ったんだい？」

指先でフレームの感触を確かめていた伊瀬君が視線をこちらに向ける。私の声だけを頼りにこちらを向いたにしてはドンピシャで目が合って、私は本を取り上げた体勢で竦み上がって動けなくなった。

けれど伊瀬君の視線は途中でふらりとずれ、その顔に、ほんの少し怪訝そうな表情が漂う。

「……随分と今日は手紙の相手にこだわりますね？」

ギクッと背中を強張らせ、けれどそれを相手に悟らせないよう、私は無理に笑みを作った。

「い、いやいや、ほら、今後手紙を書く参考にさ……」

「とてもこんな情報が参考になるとは思えませんが」

言葉の途中でスルリと伊瀬君が眼鏡をかける。視界がクリアになったのか、今度こそ一直線に伊瀬君は私の方を向いた。

「なんにせよ、プライベートなことなのでこれ以上はお話ししません」

「えぇっ！　教えてくれないの⁉」

当たり前です、と冷たく言い放って伊瀬君は私の手から本を奪った。

「これ、全部必要なんですか?」

「え、いや、一番上のだけ——……」

答えるが早いか、伊瀬君は一番上に積まれた本だけ私に放ってよこし、残りの本を手に脚立を上り始めてしまった。どん臭い貴方はもう高いところに上るんじゃない、と、そのきびきびとした動きが言葉より雄弁に語っていて、私は大人しく脚立を押さえる役に回る。

ぽかりと隙間の空いた棚に本を戻しながら、伊瀬君はなんでもないことのように言った。

「別段、大した話をしたわけでもありませんよ。ほんの一言、二言です」

「え……たった、それだけなのかい……?」

見上げた先で伊瀬君が小さく頷いて、私はすっかり混乱してしまった。

「たったそれだけのことを、五年も覚えていたの——……?」

トン、と最後の一冊を棚に収めると、脚立の上から伊瀬君がこちらを見下ろしてきた。

「そう。相手はそんなこと少しも覚えていないのに、馬鹿みたいでしょう」

そう言って私を見る伊瀬君はいつもより冷たい目をしていて、なんだか私は伊瀬君に詰られてでもいる気分になる。今この瞬間、『思い出せ』と伊瀬君に要求されている気分になるのは私の考えすぎなのだろうか……?

伊瀬君の強い視線に耐えきれずおずおずと下を向くと、同時に真上から溜め息が降ってきた。

「……それでも、僕は忘れられないんだから仕方がありません」

伊瀬君の声には諦めのようなものがにじんでいる。私が逃げるように目を逸らしたからだろうか。もしかすると、そうなのだろうか――……?

私は俯いたまま何度も目を瞬かせた。

もしも、もしも伊瀬君の想い人が私で、そして私が五年前のことを覚えていたら。

そうしたら、あんな些細《ささい》なことで、と伊瀬君を笑い飛ばすことができたのだろうか。あの程度のことで道を踏み外してはいけないと教え諭すこともできたのだろうか。

――……そうだ、五年前のことさえわかれば。

私はギュッと脚立を握り締める。とにかく、一度本気で五年前のことを思い出してみようと思った。思い出せたら、君が思うほどあれは大した出来事ではなかったと伊瀬君を説得することができるかもしれない。そして思い出せなかったら……今度こそ私は安心して妙な疑惑から抜け出すことができるのだ。

考えてみよう、と私は思う。俯いたまま。

先程から脚立に乗って何も言わない伊瀬君が、目の前の本を見ているのか、私を見下ろしているのかも確認できないまま――。

五年前。

私はこの大学の経営工学部で教授をしていた。自分の研究室もすでに持っていた。学内で大きな問題を起こすこともなく、研究室のメンバーも皆順調に卒業して、実に平穏な日々を送っていた。……気がする。

学食のテーブル席で腕を組み、私は顔を歪めて過去の記憶を引きずり出そうとする。が、五年も前の話だ。覚えていることなんてほとんどない。

学生時代ならいざしらず、日々目の前の職務をまっとうすることだけが目標になってしまった今となっては、二年前も五年前も一様につつがなく過ぎていった記憶が薄らぼんやりと残るばかりだ。私には日記をつけるような習慣もないし、一口に五年前といっても思い出せることなど何もなかった。

私は溜め息をついて固く組んでいた腕をほどく。目の前には空になったうどんのどんぶりと、すっかり冷めた緑茶がぽつんと残っているだけだ。

昼休みの真っ最中だが、十二人がけの長机がずらりと並ぶ学食には多少空席が見受けられる。毎年のことながら、ゴールデンウィークが終わって六月も半ばを過ぎると、学食にも大分空きが出てくるようだ。

ふと視線を転じると、斜め前の席で数人の男子学生がノートや本を広げて何か話し込んでいた。前期試験の勉強でも始めているのかな？　となんの気なしに覗き込めば、どうやら彼らは勉強をしているのではなく、就職活動用のエントリーシートを書いているようだ。

もうそんな時期なのか、と私は学食の窓から空へと視線を飛ばす。

毎年毎年、滞ることなく繰り返される年間の行事。一年生が入学して、新しく受け持つ授業の支度があって、期末試験があって、卒論発表があって、四年生が卒業してまた一年生が入学する。

こういうことをもう何度繰り返してきただろう。卒業生も、何度見送ってきたことか。

空の高い所で大きな鳥が旋回する。それを見上げ、あ、と私は小さな声をこぼした。

——……伊瀬君も、来年の春には卒業だ。

彼は院には進まず就職すると言っていた。今頃は就職活動も佳境に入っている頃だろう。当たり前のことなのに、それを思ったらなんだか頭がそれ以上の思考を拒むように沈黙した。

窓からは相変わらず大きな鳥がのどかに旋回しているのが見える。

ぽかぽかと暖かい午後の日差しを受けながら、私は改めて伊瀬君のいない研究室を思い描いてみた。今はまだ就活に専念していないからか、伊瀬君はたびたび研究室を訪れる。けれど夏が過ぎる頃になれば、就職説明会だの試験だので段々研究室から足が遠のいていってしまうのだろう。

そして、冬が終わる頃。

伊瀬君はもう、この大学にはいないのだ。

ピイィ――…ッ…と上空で鳥が鳴いた。私は肘をついて真っ青な空を見上げている。

なんだか、私一人がこの場所に取り残されるような気分になった。唐突に。

生徒が学校から巣立っていくのを見守るのが私の仕事なのに。ふいに変化のない平穏な箱庭に閉じ込められている気分になったのはなぜだろう。

伊瀬君も私を置いていってしまう――……。

「おや、春井先生。そろそろお昼休みも終わりですよ?」

物思いに沈みかけたところで、突然背後から声をかけられた。聞き覚えのあるそれに振り返ると、斜め後ろに空の食器を盆に載せた竹中先生が立っていた。

今日は竹中先生も学食で昼食をとっていたようだ。先生は私を見下ろすと、心底羨ましそうな顔で溜め息をついてみせた。

「いいですねぇ、春井先生の所はあくせくしていなくて。私の研究室なんてすぐに学生が新しい課題をやりたいだの最新の英論を読みたいだの催促してくるからのんびりしている暇もなくて。いやまったく、春井先生が羨ましいですよ――……」

「たっ、竹中先生！」

羨ましい顔の薄皮一枚剝《は》いだ向こうに軽蔑の表情があるのはとっくの昔から知っているから、私は竹中先生の言葉をほとんど聞き流して決死の思いで呼び止めた。

すでに食器返却台に足を向けかけていた竹中先生が驚いた顔で振り返る。私の方から、しかもこんな強い語調で先生を呼び止めるのは初めてのことだったからだろう。何事か、と足を止めた竹中先生に、私はすがる思いで尋ねた。

「あの、五年前に何か変わったことってありませんでしたか？」

はぁ？　と竹中先生が露骨に顔を顰めた。突然何を言い出すんだこいつは、とでも思ったのだろう。私だって逆の立場だったら絶対にそう思う。けれど今の私にそんなことに言及している余裕はない。私はどうしても五年前のことが思い出せないし、あと一年待たないうちに伊瀬君はこの場所からいなくなってしまうのだ。

せめて伊瀬君が卒業するまでに五年前のことを思い出そうと、私は必死だった。

「なんでもいいんです。でも、できれば私にまつわることで何か……！」

「何かって、どうして貴方にまつわることなんて私が知ってるんです。しかも五年前の……」

正論と共にその場を立ち去ろうとした竹中先生に、やっぱり無理か、と私は肩を落とす。

誰だって、五年も前のことをそうそう覚えているわけがないのだ。

しかし、踵を返そうとしていた竹中先生の動きが途中でピタリと止まった。

「……そういえば、春井先生がプログラミング応用実習の授業を受け持ったのは五年前じゃありませんでしたか？」

え、と私は目を瞬かせる。確かに以前応用実習を担当したことはあったけれど、それが五年前だったかどうかは定かでない。私はどちらかというと線形代数や統計学、微分積分学などを担当することが多いので、珍しいところを任されたな、と思った記憶はあるのだけれど。

「うん、五年前ですよあれは。間違いありません」

考え込む私の前で、太鼓判を押してくれたのは竹中先生だった。私はすっかり感心して先生を見上げる。

「竹中先生、記憶力がいいんですねぇ。よくそんなに昔のことを――……」

「それはもう、どうしてこの私を差し置いて貴方がプログラミング応用実習を担当するのかまったく腑《ふ》に落ちませんでしたから」

ニコニコと笑いながら、歯切れよく竹中先生は言い切った。

しかも、笑顔で私の背後に立ったまま、いつまで待っても動き出す気配がない。

それで私は初めて竹中先生が当時のことを相当根に持っていたことを知り、ついでに背後から漂う強烈な負のオーラにも耐えられなくなって、逃げるように食堂を後にしたのだった。

「えぇ？　五年前ですかぁ？」

研究室内に松田君の頓狂な声が上がる。

私は珍しく松田君が淹れてくれたコーヒーを飲みながら、うん、と頷いた。

「五年前……五年前ねぇ……」

「五年前がどうかしました？」

首を傾げる松田君の横から、自分もコーヒーカップを手にひょっこり顔を出したのは村瀬君だ。去年の夏合宿の幹事で、今年で院生二年目になる彼は、すっかりこの研究室の主になりつつある。

今、室内には私と松田君と村瀬君しかいない。午後の授業が始まったばかりで、他の生徒は皆出払っていた。

すでにほとんど授業をとっていない村瀬君はちゃっかり私たちとお茶など飲みながら、松田君から事のあらましを聞いて首を傾げた。

「五年前ねぇ……俺がまだ大学一年生のとき……？」

「なんでもいいよ、学内でちょっと変わったことがあったとか、そんなことでもいい」

そんなふうに水を向けてみると、村瀬君は何か思いついたようにピン、と人差し指を天井に向かって突き立てた。

「オープンキャンパス、とかは？」

「えぇー？　オープンキャンパスだったら毎年やってるでしょ？」

ころころと丸い指でカップを摑んだ松田君がすかさず野次を飛ばしてきて、確かに、と私も隣で頷く。オープンキャンパスは毎年夏休み中に開かれる高校生のための大学見学会だ。多くの受験生を獲得するために各学部から幾つかの研究室が選抜され、高校生に受けそうな催し物をするのが恒例だ。我が経営工学部からは、竹中研究室が出張することが多いだろうか。竹中研究室で開発している二足歩行ロボットは、毎年そこで大活躍する。

ところが、村瀬君は不敵に笑って突き立てた指を左右に振ってみせた。

「いや、確か問題起きたでしょ。俺が一年のときだから間違いないですよ。一部の阿呆な先輩が中庭で利き酒大会始めちゃって……」

「あぁ、そんなこともあったねぇ」

村瀬君の言葉で、ポンと当時の情景が蘇った。

夏の暑い日、日差しを遮る中庭の桜並木の下に、当時の三年生たちがテーブルを持ち込んで数種類の日本酒を並べたことがあったのだ。利き酒大会と銘打って、かなりの人数が集まったが、中にはオープンキャンパスに来ていた高校生たちも交ざっていたから問題だった。

後々大学側の学生たちに事情を聞いたところ、最初はサークルの仲間が集まって、部室で暑気払いに酒を飲み始めたのが発端だったそうだ。ところが学生たちはあっという間に酔っ払い、夏休みに入ったばかりの解放感もあってうっかり悪乗りして中庭にテーブルまで持ち出した、ということらしい。

「……確かあれは、オープンキャンパスを狙ってやったものじゃなかったね。利き酒大会を始めた学生たちは、その日が学校を開放しているって知らなかったんじゃなかった？」

「そうそう、だから景気よく酒を振る舞っちゃったらしいですね。テーブルに集まってきたのが高校生だってのは気がつかなかったって」

「えぇ？　高校生に気がつかないなんてことあるのぉ？」

クーラーが効いた研究室内でなお額に浮かぶ汗を拭いながら、横から松田君が疑わし気な声を上げる。それに答えたのは村瀬君だ。

「いや、結構わかんないッスよ。俺のバイト先にも高校生いますけど、言われなきゃ大学生かと思いますって。特にオープンキャンパスって私服で来る学生多いでしょう。完全に校内の生徒と交ざっちゃって判断つかないですよ」

そう？　とやっぱりまだ疑惑の残る目で呟いて松田君がコーヒーを啜《すす》る。

その隣で、オープンキャンパスか、と私は口の中で繰り返した。

五年前というと、伊瀬君は高校二年生。大学見学に来ていたとしてもおかしくはない。けれど利き酒大会の現場に私がいたわけではないし、その顚末《てんまつ》を聞いたのだって夏休みが終わってからだ。他に取り立てて覚えているようなこともない。

タイミング的にはばっちりだけど、これは関係ないかな、と私が首を傾げると、横手から松田君がグイッと大きな体を乗り出してきた。

「ところで春井先生、五年前っていったら大きなこと忘れてません？」

ドキリとして私は両手でカップを持ったまま松田君を振り返る。松田君は、本当に覚えてないんですかぁ？　とまたぞろ不審気な顔をして言った。

「春井研究室、移動したのちょうど五年前じゃないですか」

「あ、あぁ――……」

口元まで持ち上げていたカップがズルズルと胸元まで落ちた。コーヒーから立ち上る湯気で曇っていた視界も、スゥッと晴れ渡る。

そういえば、そうだった。この春井研究室は、五年前に部屋を移動したのだ。

最初、私の研究室はこのゼミ棟の二階、階段を上がってすぐの場所にあった。一階より人通りが少なく静かで、図書館から大量の本を持ってきてもさほど遠く感じない、ゼミ棟内でもなかなか条件のいい部屋だったのだ。

それが部屋を移ることになったのは、確か範先生が新しく赴任してきて、経営工学部内の研究室の配置を変えようという話になったからだった。まぁ、実際は私のいた研究室を範先生に引き渡して、私たちはこの三階どん詰まりの部屋に押しやられただけで他の研究室は一切場所が変わっていなかったりするのだが。

――……ということは、範先生がこの大学に来たのも五年前。

結構いろいろ起こっているじゃないか、と、私は遠い五年前に思いを馳せる。

けれどどんなに新しい情報が出てきても私と伊瀬君を繋ぐものはやっぱりなくて、私は伊瀬君の席に視線を送った。

窓際の席はすっきりと片づいている。隣の小松平君の席はジュースの空き缶や漫画雑誌が乱雑に置かれているせいか、余計に伊瀬君の席は美しく整頓されて見えた。

窓の向こうには新緑が揺れ、木の枝は窓ガラスを叩くほど近くに迫って、私はふと、五年前もあの木はあんなにも窓に近づいていただろうかと考える。

白い壁に囲まれた研究室と、その外側を囲う深い緑の木々。その窓辺に座る伊瀬君の姿はもうすっかり日常的に見慣れていて、本人が不在の今もこんなにもくっきりと思い浮かべられる。

パソコンを打つ伊瀬君の、逆光になった横顔――……。

胸の奥で、何か重たいものでも動くようにゆっくりと心臓が脈打つ。私はその理由を考えることを放棄して、コーヒーカップの中に溜め息を落とした。

薄紅の、美しい花が風に揺れる。

柔らかな花びらを幾重にも並べて咲き誇るバラの花を前に、私はゆっくりと深呼吸をする。

五年前、というキーワードを元に伊瀬君との記憶を引っ掻き回し始めてからもう一週間が経つ。その間可能な限り当時の情報を集め、自分も必死で思い出そうとしたが、未だ五年前に伊瀬君と私が出会ったという事実にまで漕ぎつけていないのが現状だ。

研究に行き詰まるとこうして裏庭に来る私は、今回も打つ手を失って花壇の前に立っている。そうでなくとも、バラが大輪の美しい花をつけるこの時期に足繁く裏庭に通ってしまうのは、もう毎年のことだった。

昼休み、早目の昼食を終えた私は腰の後ろで手を組んでバラを眺める。そしてふと、花壇の隅で咲いている真っ赤な花に気づいて腰を屈めた。

それは、前々から気になっていたちょっと変わった形のバラだ。

バラと言えば大抵は、花弁も見えないほど密集した八重咲きの花を思い浮かべるところだが、この片隅に咲いているのは数枚の大きな花びらが開いている一重咲きで、中心の花弁もはっきりと見える。花の色は少し紫がかったような美しい紅色で、中心に行くほど色味が薄くなっていく。花弁に近い部分はほぼ真っ白だ。

これは本当にバラなのか、もしかすると別の種類の花が交ざっているのではないかとまじまじと見詰めていると、背後で微かに砂を踏む音がした。

振り返ると今回は予想通り、水のたっぷり入ったジョウロを手にした範先生が立っていた。

「春井先生、こんにちは。もうバラの花、満開でしょう？」

肩先で真っ直ぐに切った黒い髪をなびかせ、白いワンピースを着た範先生がにっこりと笑う。私はのどかな気持ちで頷いて、範先生に場所を譲るように花壇から一歩離れた。

範先生は小さな顔に浮かべた笑みを濃くするとジョウロから花に水を注ぎ始めた。

裏庭に初夏の心地よい風が吹き抜ける。目の前でバラの花もいっせいに揺れて、水の滴が光を反射しながら地面に滴る。

風の隙間で範先生の声がした。私は一瞬何か言われたのかと思って耳を澄ませたが、どうやら母国の言葉で歌を歌っているようだ。

ふと私は、以前乗った電車の情景を思い出す。

平日の午後、車内には私と、まだ幼い子供の手を引いた母親らしき女性の姿。

ぼんやりと車窓から外を眺めていたら、耳に柔らかな声音が響いてきた。

最初は歌声だと思った。けれどそれがあまり長く続くので同乗した母子に視線を向けると、母子は笑って何事かお喋りをしていた。

二人が喋っていたのは日本語でなく、恐らく今範先生が口ずさんでいるのと同じ大陸の言葉で、まるで歌を聴いているようだ、と思った。ただ喋っているだけで耳に心地よく響く言葉。私たちの使う日本語とは異なる、柔らかな、独特の発音。

ゆったりと歌うようにお喋りを続ける母子の声に耳を傾け、とろりと目を閉じたのはいつのことだったか。

そんなことを思い出してぼんやりしていると、ふいに範先生がこちらを振り返った。

「そういえば、伊瀬君は元気ですか?」

歌の続きのように響いた言葉を私は一瞬聞き逃しかけ、それが直前より少し硬質になっていることに気づいてやっと日本語で話しかけられていることに気がついた。

「えっ、あぁ――……伊瀬君なら相変わらず、元気です」

そうですか、と範先生は肩越しに私を振り返ってにっこりと笑う。化粧っ気の薄い顔に浮かぶ満面の笑みは健康的で好もしく、私も同じように目を細めた。

「範先生は私の顔を見るたび伊瀬君の話になりますねぇ」

「それはもう、伊瀬君のこと、とっても気になります！　彼、母国に連れて帰りたいくらい優秀だから」

確かに、と私は額の上に掌を翳して苦笑する。実際伊瀬君は優秀だ。範先生がこんなにもあからさまに彼にこだわる気持ちもよくわかる。

そんなことを思いながら真上から降り注ぐ眩しい光を掌で遮っていたら、私に背を向けたまま範先生がぽつりと呟いた。

「それに、伊瀬君にはちょっとした、恩があります」

恩、という言葉を使う直前、ほんの少しだけ間があって、私は一瞬範先生が何か言葉を間違えたのかと思った。

よっぽど私が不思議そうな顔をしていたからだろう。振り返った範先生は私を見ておかしそうに笑うと、バラの蕾にサァサァと細かな水をかけた。

「前に、竹中先生と話をしていたとき、助けてもらったことがあるんです。私、研究の内容のことで竹中先生の所にお話を伺いに行ったんですが、話が難しすぎてよくわからなくて。そうしたら竹中先生、苛々し始めてしまって。そこに伊瀬君が――……」

何気なく二人の会話に加わって、範先生もわかるように竹中先生の言葉を噛み砕いて教えてくれたのだそうだ。他の学生だったら話の邪魔だと咎《とが》められたかもしれないが、竹中先生は元来伊瀬君を気に入っているから、むしろ終始ニコニコと話を続けていたらしい。

私はそんな話を、少し意外な気分で耳にする。伊瀬君が他人に対して積極的に優しくするところが、ちょっと想像できなかった。

でも思い返してみれば、私も以前この場所で竹中先生に絡まれて伊瀬君に庇ってもらったことがあった――と、考えたところで胸の奥に何かじわりと苦いものが広がるのを感じた。

あれ、と胸元を掌で押さえる私の前で、範先生は機嫌よさ気に続ける。

「優しいですねぇ、彼。帰り際、校門のところでばったり会ったとき、『もう夜も遅いから』って駅まで送ってくれたこともあったんですよ」

胸を押さえたまま、へぇ、と掠れた声で返す。

夜道。隣り合って歩く二人。

またじわりと胸の奥で広がる。これはいったいなんだろう。

胸からこみ上げてくるものを飲み込もうと喉を上下させたら、ふいに聞き慣れた声が耳の奥で蘇った。

『伊瀬とその先生、夜道で一緒になったとき手とか繋いで歩いたことあるらしくって……』

あ、と私はごく小さな声を上げる。範先生の耳には届かないくらいの。

それは、いつか研究室で聞いた小松平君の言葉だ。

彼は他にも、伊瀬君が意中の相手に熱烈なアタックをしていて、他の先生から苛められているのを庇ったこともあるのだと言っていた。

庇った。竹中先生から、私を。

いや、範先生も——……？

「それに、笑うと彼、とってもチャーミングですね」

巡らせた思考の網を断ち切るように、笑いの混じる声で範先生が言う。

ジョウロから滴る水を凝視していた私は、緩慢に視線を上げようとして、失敗した。ジョウロの取っ手を持つ範先生の、女性にしては骨張って白い手に視線が止まったからだ。

「伊瀬君が、笑う……？」

いつか伊瀬君が書いた恋文の、バラとミイラを並列に扱うような文章を思い出しながら範先生の言葉を繰り返した。先生は横顔に笑みを湛《たた》えたまま、ええ、と頷く。

「夜、一緒に帰ったのは冬の寒い日で、とっても星が綺麗でした。それで空を見ながら駅まで歩いていたら、途中で流れ星が落ちたんです。その流れ星を、空を翔るウサギみたいって私が言ったら、伊瀬君笑ってました」

——ウサギ。

私は鈍る頭でいつか聞いた小松平君の言葉を思い出そうとする。あのとき確か小松平君は、伊瀬君はその相手のどこを好きになったのかと訊かれ、こう答えていたのではなかったか。

『なんか、海だったか星だったかを、ウサギの行進とか言っちゃうようなところがいいんだってさ』

ポロシャツの胸元を握り締めていた手が、ぱたりと落ちた。両手を力なく脇にぶら下げ、私は小松平君の言葉と範先生の言葉を何度も頭の中で繰り返す。

私は確か、小松平君のあの言葉で伊瀬君の想い人は自分なのだと確信したのではなかったか。夏合宿で、夜の海に走る白波をウサギにたとえたら伊瀬君が笑ったから。だから、あのときのことを言っているのかと。

でも違った？　それは私の思い込みだったのだろうか？

現に私と同じような体験を、範先生だってしているではないか。

呆然と立ち竦む私の前で、ジョウロから最後の一滴をバラの上に注ぎ切った範先生が、あの、歌うようなまろやかな口調で言った。

「星で思い出しました。今年のオープンキャンパスは手作りのプラネタリウムを上映するところがありましたよね。機械工学科でした？　私、楽しみにしてるんです」

会話は緩やかに変化する。私はそれについていけない。伊瀬君の話、星の話、プラネタリウムにオープンキャンパス。けれど会話は循環して、また同じ場所に帰ってくる。

そういえば、と柔らかな唇に指を添えて、範先生は何か秘密でも打ち明けるようにひっそりと笑った。

「実は伊瀬君も、五年前にこの大学のオープンキャンパスに来てたんですって。しかも、そのとき、私と会ったって言うんです」

え、と私は目を見開く。範先生の目元がうっすらと赤くなる。

「私は全然覚えていなかったんですが、ついこの間そんな話を彼からされて、ちょっと驚きました」

――ザァッと、裏庭を強い風が吹き抜けた。

範先生が真っ黒な髪を片手で押さえる。ジョウロの口で揺らめいていた水滴が吹き飛ばされる。校舎を囲う背の高い木々がうねるように揺れて、目の前で咲き誇るバラがいっせいに身を捩《よじ》らせた。

風が吹く。吹き抜ける。校舎の裏でうねりを上げ、天空高く突き上げる。

ザァァッと風が遠ざかっていく音。私の髪がかき乱される。髪だけでなく、心の奥まで。

波が引くように遠くなる風の気配に意識を引き戻され、私はぼんやりと胸の中で呟いた。

――……私じゃなかった。

五年前。伊瀬君と出会っていたのは私ではなかった。範先生だ。伊瀬君が恋文を出そうとしている相手も――範先生だったのだ。

なんだ、と、私は思う。

悩むことなんてなかった。心配する必要もなかった。やっぱり伊瀬君はまっとうで、こんなに綺麗な女の人を好きになっている。

続けざまにバタバタと思考が固まっていく。

バラに似ていると言ったのも、そういう意味だったのか。裏庭にバラが咲くたび水を遣りに来ている範先生を、暗に示していたのか。

あんなに最初から、答えは明確に提示されていたのに――……。

片手で顔を覆い、そのままクックッと笑い崩れてしまいそうになった。伊瀬君の真意を探るのに必死で奔走していた自分が馬鹿みたいで。

けれど、実際掌を上げる直前、ふいに範先生の方からブゥンという低い羽音が聞こえてきた。

「…キャッ――……！」

続いて範先生の引きつった声が聞こえてきて、ハッとして私は顔を上げる。

範先生は真っ青になって手からジョウロを取り落とし、後ずさりしようとして足をもつれさせてその場に尻餅《しりもち》をついてしまった。その間もブンブンと低い羽音は続いていて、見回すと、バラの上を丸々とした大きな蜂が旋回しているのが見えた。

「フ、範先生…っ…！　危ないですよ、早くこっちに……！」

思わず手を差し伸べたが、範先生は蜂に視線を捉われたまま蒼白《そうはく》な顔で首を振るばかりだ。しかも蜂は狙い定めたように範先生の方に飛んでくるものだから、とうとう耐えきれなくなったのか先生は座り込んだまま悲鳴を上げて両手で頭を抱えてしまった。

頭を隠したものの、剝き出しの腕や首筋は蜂に狙われる可能性がある。私は慌てて範先生に駆け寄ると大きく腕を振って蜂を追い払おうとした。

「範先生！　大丈夫ですから立ってください！　早く——…っ…！」

私の言葉に先生が反応する気配はない。ただ頭を抱えて震えるばかりだ。尋常でない範先生の怯え方にうろたえながら、私は片手で先生の背中を庇うように抱いてもう一方の手で蜂を追い払い続けた。

そうしている間も蜂は羽音を響かせ続ける。そんな中、ブゥン、と一際大きな音を立てて蜂が範先生の頭上を掠め、範先生の背中に震えが走った。

「い……やぁあっ！」

高い、空気を裂くような悲鳴が突然上がって私は驚き足を滑らせる。片方の膝が地面について、範先生の背中を抱いている方の半身が完全にその背にのしかかった。

強か地面に打ちつけた膝の痛みに顔を顰めた、そのとき。

君の姿があった。

「何をしているんですか！」

聞き慣れた、厳しい声が耳を打った。

振り返る。視界に広がる青い空と斜めに聳える校舎。その中に、大きく目を見開いた伊瀬君の姿があった。

「い、伊瀬君…っ…！」

私はとっさに伊瀬君に手を伸ばそうとする。そうだ、伊瀬君はいつだってこうして私が困っているときに駆けつけてくれる。今も足早にこちらに近づいてくる伊瀬君に、私は蜂を追い払おうと振り回していた手を向けようとした。それなのに。

弱々しく宙を掻いていた私の腕を、伊瀬君が勢いよく振り払う。そして私の体を押しのけると、地面に座り込む範先生の腕を摑んで力強く引き上げた。

ふわりと、範先生の白いスカートの裾《すそ》が目の端を過ぎった。

力任せと言ってもいいくらい強引に腕を引かれて立たされた範先生は、勢い余って伊瀬君の胸に倒れ込む。

まだ地面に膝をついたまま口も利けずにその様を見ていた私を見下ろし、伊瀬君は低く呟いた。

「範先生に何を……？」

そう言って、伊瀬君は冷え冷えと凍りつくような目で私を見た。

その瞳の奥でゆらゆらと揺れる青白い焔のような感情を見てとって、私は体の脇にだらりと両手を垂らして動けなくなる。

伊瀬君の目の奥にあったのは、明らかな嫉妬《しっと》だ。範先生を片腕で庇い、射竦めるように私を見下ろす伊瀬君を見て、やっとのことで、納得した。

——……伊瀬君が好きな相手は、やっぱり範先生だったんだ。

伊瀬君はどうやら、裏庭でしゃがみ込む範先生と、その体の上にのしかかるようにしていた私を見て、私が範先生に何かよからぬことでもしでかしたのだと勘違いしてしまったらしい。だからこんなにも、冷たい目で私を見下ろしているのだ、きっと。

私はもう口を利く気力もなく、伊瀬君の思い違いを正すことすらできずにただただ伊瀬君と、その腕の中にいる範先生を見上げていた。

伊瀬君は何も言わない私を見て苛立ったように舌打ちをひとつすると、範先生の肩を抱いて私に背を向けた。

「大丈夫ですか先生。とりあえず、医務室へ——……」

直前に私に向けられたのとは違う、落ち着いた声で範先生を促す伊瀬君の声と、二人の後ろ姿が遠ざかる。

私はそれを、バラの茂みの横で、地面に膝をついたまま見ていた。

動き出すことのできない私の頬を、初夏の乾いた風が嬲《なぶ》る。耳の横でバラの枝葉が揺れ、蜂の羽音が風の隙間に溶けて消える。

目の端には薄紅や真紅のとりどりのバラの花。美しい、柔らかな花びらの群れ。

ヒュッと一際冷たい風が頰を叩いて、それが氷の刃《やいば》で切りつけられたように痛かったものだから、私は砂にまみれた指先で自分の頰に触れてみた。

指先に濡れた感触があって、私は何度か瞬きをする。途端に視界が揺らいでぼけて、私はやっと、自分が目を見開いたまま泣いていたことに気がついた。

涙は後から後からぼろぼろとこぼれてきて、私はぼんやりと視線を巡らせる。

視線の高さに、バラの花があった。薄い薄い、白に近いくらい淡い紅色の花は、柔らかな花びらを幾重にも重ねてジッと私を見ていた。

年を重ね、水気も飛んだ私とは似ても似つかない端麗な佇《たたず》まいがゆらりと水に濁る。

——……私じゃなかった。

風が吹く。頰が痛い。視界が沈没する。私は息ができなくなる。

最初からわかっていたのに。私はバラとは似ても似つかないし、伊瀬君のように若くて優秀で端整な学生が私なんかを好きになることがあるはずもないことだってわかっていたのに。

それなのに、伊瀬君が優しいから勘違いしてしまった。憎まれ口を叩きながら、私が本当に困っているときは憮然とした顔で手を差し伸べてくれるから間違えてしまった。

伊瀬君に好かれたら困ると思っていたのに。お互い男同士だし、伊瀬君は未来ある若者で、私はうだつの上がらない中年で、伊瀬君が不幸になるのは目に見えていたのに。

だから、伊瀬君を思いとどまらせるために必死で五年前のことを思い出そうとしていたのに。それなのに、そうじゃなかったのか。そうじゃなく。

——……本当は五年前のことを思い出して、伊瀬君が好きなのは確かに私なのだと確認したかっただけじゃないのか。

私は両手で顔を覆う。砂で汚れた手で。皺の刻まれた、乾いた指先で。

伊瀬君が私を好きになるなんて、あり得ないことだと思った。あってはいけないことだと思った。けれど胸のどこかで、疼《うず》くような甘い苦い感情があったのも確かではないのか。

伊瀬君が本当に私を好きなのだと断定できたら、私はいったいどうしたかったのだろう。今となってはそれすら定かではないが、ただ、胸の中で同じ言葉だけが繰り返される。

——……私じゃあ、なかった。

バラの茂みが揺れる。その隣で、私は顔を覆ったまま声を殺して泣いた。

どうして今更気づいてしまうのだろう。どうしてこの期に及んで自覚しなければいけないのか。

好きになっていたのは、私の方だったのだ。

あの無骨な優しさに、時々見せる年相応の横顔に、唇の端を掠める笑みに、私はもうどうしようもないくらい惹かれていたのだ。

でも、伊瀬君が好きなのは私ではなかった。全部私の勘違いだった。それなのに、勘違いだと気づいてから伊瀬君への想いを自覚する私はなんて鈍いのか。伊瀬君だって苛々するはずだと自嘲《じちょう》気味な笑みをこぼそうとしたが、結局それは嗚咽《おえつ》に飲まれて消えてしまう。

限界まで膨らんでいた期待がぱちんと弾けて、後にぽっかりと虚無が残る。涙はいつまでも枯れなくて、私は静かに花を揺らすバラの茂みの傍らで、奥歯を噛んで泣き続けることしかできなかった。


裏庭で一騒動あった翌日、範先生がわざわざ私の研究室を訪ねてきてくれた。

昨日は取り乱してしまってごめんなさい、とはにかんだように笑う範先生を前に、私は薄く笑みを浮かべて首を振る。

範先生の話によると、先生は子供の頃大きな蜂に刺されて以来、蜂が大の苦手になってしまったそうだ。だから蜂を見ると未だに足が竦んでしまうのだと恥ずかしそうに話してくれた。

でも花は大好きで、だから裏庭にもよく水を遣りに行っていたのだと範先生は言った。それにはお守り代わりに殺虫剤を持っていくのが絶対条件だったのに、昨日に限ってうっかり殺虫剤を持っていくのを忘れてしまって、それでパニックに陥ってしまったらしい。

ご迷惑おかけしました、と頭を下げる範先生に、気にしないで、と私はもう一度首を振った。頭を上げた範先生は、優しいですね、と屈託なく笑って、私は応《こた》える術もなく眼鏡のブリッジを押し上げた。範先生には、私の赤く腫《は》れ上がった目の縁に気づかれないといいな、と思いながら。

さらに範先生は、そういった事情をちゃんと伊瀬君にも説明しておいてくれたらしい。けれど、私はやっぱりろくな反応ができなくて困ったように下を向く。

伊瀬君の私に対する誤解が解けたとしても、もう今までのように伊瀬君と接することはできないことくらい、私が一番よくわかっていたからだ。

そして、案の定、私は裏庭で事件があったその日から、伊瀬君とまともに口を利くことができなくなってしまった。

教室で会えば横を向く、研究室の机の前に立たれれば頑《かたく》なに下を向く、声をかけられてもろくな返事をせず、廊下の向こうに伊瀬君の姿を見つけると踵を返してその場を去った。

自分でも露骨なくらい、私は伊瀬君を避けた。

一度想いを自覚してしまった私は、もう伊瀬君の前で自分の慕情を上手く隠せる自信がなかったし、伊瀬君にだけはこんな報われない想いを抱えていることを知られたくなかった。

だから私は伊瀬君を避け続けた。

最初はこれまでのようにことあるごとに私を追いかけていた伊瀬君も、夏休みが終わる頃には就職活動も最後の大詰めに入ったのか研究室に顔を出さなくなり、季節が変わって秋になる頃には卒業論文に着手し始め、もう今までのように廊下や教室で顔を合わせることはなくなっていた。

冬が来る頃にはすっかり諦めたのか、伊瀬君は研究室に来ても私の机の前には立たないようになっていた。私が重い荷物を持って廊下を歩いていても、どこからともなくやってきて半分持ってくれることもない。悪態をつかれることも、呆れた溜め息を真上から浴びせられることもなくなって——手紙も、もう私の元には届かなくなっていた。

私は時々、誰もいない研究室で伊瀬君の手紙を読み返してみる。妙な表現や比喩が多いが、相手に気持ちを伝えようとする伊瀬君の想いが読み取れる文面が愛《いと》しく、私は微かに笑ってまた手紙を引き出しに戻す。

この手紙も、いずれ処分しなければ。春が来て、伊瀬君がこの学校から卒業していったら、裏の焼却炉にでも持っていこう。

でも、それまでは、私も伊瀬君への想いを抱えていていいだろうか。

報われない、と、私は手紙の入った引き出しの取っ手を指先で撫でる。報われないけれど捨てられない。

本当に厄介な物を抱え込んでしまったと、やっと自嘲気味な笑みが漏れた。

ゼミ棟の二階。長く続く廊下にＡ４サイズの紙が数枚貼り出される。その前に群がっていた学生たちの口から、ワァッと歓声や悲鳴やたくさんの賑やかな声が漏れて廊下に跳ね返り、一瞬にしてその場がお祭り騒ぎになった。

二月の終わり。卒業論文発表会の合否が、たった今廊下に貼り出されたのだ。評価は本論、概要、発表の三つに分かれており、不合格になった者は一週間後に再発表、または再提出しなければならない。

昨日、夕方に発表会が終わってからほぼ徹夜で卒論の評価をつけた私は、赤くなった目を擦りながら廊下の歓声に耳を傾ける。普段足を運ばないゼミ棟二階の資料室には二組の長いソファーがあって、そこに深々と腰を下ろして大きく息を吐いた。

残念ながら今年も数名の不合格者が出て、まだしばらくは彼らの面倒を見なければいけないけれど、とりあえずは今学期最後の大きな仕事を終えてやっと肩から力が抜けた。

息を深く吸って、長く吐く。そんなことを繰り返していたら資料室の扉が外から開いた。

ソファーの背に凭せかけていた後ろ頭を上げると、ちょうど竹中先生が入ってくるのが見えた。座ったまま私が会釈すると、先生も軽く頭を下げて私の向かいに腰を下ろす。

ガラスのテーブルを挟んで合い向かいになった私たちはしばらく無言だった。恐らく、竹中先生も大仕事を終えてホッと一息つきに来たところだったのだろう。

廊下では、まだガヤガヤと学生たちが騒いでいるようだ。

伊瀬君もいるのかな、と思ったら、ふいに竹中先生が口を開いた。

「今年の卒論最優秀賞は、伊瀬君ですね」

ソファーの背に後ろ頭をつけてぼんやりと天井を見ていた私は顔を上げる。正面では、竹中先生も私と同じようにソファーに身を預けて天井を見ていた。

「……伊瀬君の発表の主査を務めてくださったのは、竹中先生でしたか」

「ええ、なかなか興味深い発表だった。避難経路のシミュレーションは毎年聞いていますが、伊瀬君は遅々として進まなかったここ十年の研究を八足飛びで進化させましたね」

一部素直に喜んでいいのかわからない台詞も紛れていたが、私はとりあえず礼を述べる。

竹中先生は天井を見上げたまままさらに続けた。

「本当は、私はシミュレーションというのがあまり好きじゃないんですよ。あれは机上の空論だ。こちらが想定したシチュエーションから少しでも外れればまったく意味を成さなくなる」

真っ向からうちの研究を否定することを言う竹中先生に、でも私は静かに頷いた。それはもう、この分野の研究をする者なら皆わかっていて、腐心していることだからだ。

何も言わない私の前で竹中先生はしばらく黙り込んでから、またぽつりと呟いた。

「でも、伊瀬君の発表はよかった。これまでの避難経路に、避難者のパニックを盛り込んだのがよかった。平面を二重にして圧力と重さを表現したのも、画期的だったと思います」

膝の上で手を組んで、私はもう一度頷いた。

これまでの避難経路は、二次元のフィールド上で人と人がぶつかり合い、障害物を避けながら出口へ向かうシミュレーションを構築するのがやっとだった。けれど伊瀬君はフィールドを二重にすることで、人が人にぶつかるだけでなく、人の上に人が乗るような状況も再現することができたのだ。

これまでの卒業生の中にも伊瀬君と同じような発想を持つ者はいたが、プログラムの技術が追いつかず実現させるには至らなかった。それを、伊瀬君は難なくやってのけてしまった。

「実際の災害では、人的な二次災害の被害の方が重大になり得ますからね。パニックを起こした人々が押し合い、倒れ、踏み潰される。人の下敷きになる、あるいは倒れた人が障害物になる。伊瀬君のプログラムはそれに加えて、圧力という概念も考慮されていた。人に押されて肩がぶつかり合う、痛いと思ったら当然スピードも鈍る。……正直、学生があそこまで複雑なプログラムを組み立てられるとは思ってもみませんでした」

完璧です、と言って竹中先生は黙り込む。天井を睨んだまま。

きっとこのまま卒業してしまう伊瀬君を惜しんでいるのだろう。彼には大学院まで進んで欲しかった。たとえそれが自分の研究室でなくても。そう思っているのが透けて見える。

でも伊瀬君はあっさりと就職先を決めてしまった。彼のお父さんと同じＳＥになるのだぞうだ。去年の年の瀬、久々に私の机の前に立った伊瀬君が口にした会社の名前は大手企業で、私は目を伏せたまま、おめでとう、と言うことしかできなかった。恐らく内定をもらったのは夏頃だろうが、私が伊瀬君を全力で避けていたものだから、きっと報告にも来られなかったのだろう。……随分子供みたいなことをしてしまったと、今更思う。

「伊瀬君の卒業発表に関して、春井先生はかなり指導をされたんですか？」

いつの間にか顔を伏せ気味にしていたら、今までより明瞭な声で竹中先生に問いかけられた。顔を上げると、先生はもう天井を睨んではおらず、一直線に私を見ている。

「いえ、まさか……。伊瀬君は発案からプログラミングまでほとんどひとりの力でやり遂げました。私が指導するようなことは、何も――……」

答えて私は視線を下げる。研究室の他の学生には発表のギリギリまで手を焼かされたが、伊瀬君に関しては誇張抜きで何も手出しをする隙がなかった。

本当に、最後まで私は彼にとって用なしだった。この四年間、何も彼に教えてあげることができなかった。心の底から、そう思う。

今回の竹中先生の言葉も例の嫌味かと思って聞き流そうとしたのだが、なぜだか先生は鼻を鳴らして難しい顔をしてしまった。それに気づいて、私はおずおずと顔を上げる。

「……あの、何か……？」

「いえ、伊瀬君の発表ですけどね。……ちょっと彼らしくなかったものですから」

言いながら竹中先生は腕を組む。私は首を傾げて先生の次の言葉を待った。一週間前、予行練習のために伊瀬君の発表を見せてもらったときは何もおかしいことなどなかったと思ったのに。

竹中先生は少し考え込むように斜め上を見上げ、ゆっくりと口を開いた。

「なんだかね、やけに人間臭いんですよ。プログラムが」

私は小さく目を瞬かせる。竹中先生の言っている意味がよくわからなかった。

「それは……パニックという概念をプログラムに取り入れたからですか……？」

「あぁ、そうですね。他にも痛みとか不快感とか、良心まで盛り込まれてたでしょう。倒れた人間を踏み倒す人と、避ける人。そんなものまで考慮されていた」

組んだ腕の上で人差し指を立て、多分、とつけ加えてから竹中先生は続けた。

「以前の伊瀬君だったらそういうことを、瑣末《さまつ》なこととすべて切り捨ててしまった気がするんですよ」

「……人間の感情的な部分を？」

深く頷いて、竹中先生は眉間に皺を寄せた。

「貴方の研究は突き詰めればどうしても人の心理的な部分に触れざるを得ない。でも伊瀬君はどうにもそういう、心の機微を理解するのが苦手なようだ。だから私は、貴方の研究室より私のところに来るよう伊瀬君を誘ったんです。ロボットを動かすプログラムを組むのに感情を理解する必要はありませんからね」

私は目を見開いて、まじまじと竹中先生の顔を凝視してしまった。竹中先生は単に伊瀬君が優秀だから、プログラムの知識に長《た》けているから自分の研究室に引っ張り込もうと必死になっているのだとばかり思っていたのに、まさかそんなことを考えていたなんて。

竹中先生の方が私よりよっぽど伊瀬君を理解していたじゃないかと、私は俄かに気恥ずかしくなって下を向く。それを引き止めるように、竹中先生が言った。

「でも今回発表したプログラムにはきちんと人間の心理が再現されていた。だから、伊瀬君は苦手だったその分野もきっちり克服したんだな、と思ったんです。それと、彼をそういうふうに指導したのは、貴方だったんだろうな、とも思ったんです」

さらりと言って、竹中先生は黙り込む。私は自分の膝頭を見ながらそれを聞き逃しかけて、直前でガバリと顔を上げた。

だって今、もしかするとあの毒舌家の竹中先生に、ある程度の評価をされたのではないか。いつも露骨に私を馬鹿にしていた竹中先生に。

けれど竹中先生はもうソファーの背に頭をつけ、天井を見上げてしまって私を見ない。そのまま動く気配のない竹中先生に、私はぎこちなく頭を下げた。

竹中先生の言う通り、私もひとつでも伊瀬君に教えられたことがあったのならいいな、と思いながら。

「……そういえば、範先生は旧正月に中国にお帰りになるそうですね」

天井を見たまま、竹中先生はガラリと話題を変えてくる。柄にもないことを言ってしまい、照れているのかもしれない。

「母国で結婚式を挙げるんでしょう？　在学中の男子学生が何人涙を飲むことか」

竹中先生の突き出た喉仏が小さく震える。私も一緒に低く笑って、それからそっと溜め息をついた。

範先生が母国の大学で知り合った男性と結婚すると周囲に打ち明けたのは、年が明けてすぐのことだ。先生は男子学生の多いこの学部ではマドンナ的な存在だったから、話はあっという間に学内を駆け抜け、多くの学生が地団太《じだんだ》を踏んだ。

伊瀬君も、と思って私は資料室から窓の外を見る。

伊瀬君も範先生が結婚する話を耳にしただろうか。今、どんな気分でいるのだろうか。

窓の外では葉を落とした枝が心細気に揺れている。空は灰色で日差しが薄い。ガラスの向こうで吹く風も冷たく、本当に春が近づいているのか疑問に思ってしまいそうだ。

――……卒業式まで、あと一ヶ月が残っている。

「それでは、卒業生の新たな門出を祝って」

スーツ姿の男子学生がずらりと並ぶレストランの一角に、どことなく厳かな声が響く。全員がグラスを持って息を潜める中、きらびやかな照明の下に高々とグラスが掲げられた。

「乾杯！　卒業おめでとう！」

乾杯！　と唱和して、学生たちが一気にグラスの中身を飲み干す。拍手が上がり、歓声が続いた。

三月末。半日前に我が大学の卒業式が終わり、場所を都内の小さなレストランに移して春井研究室の謝恩会が始まったところだ。

乾杯の音頭は助手の松田君に任せ、私はその隣でビールの注がれたグラスに申し訳程度に口をつけている。挨拶《あいさつ》とか音頭とか、そういうのは昔から苦手だ。

謝恩会は立食形式だ。レストランは春井研究室で貸し切って、店の中央に大きな長テーブルをひとつ置き、その上にずらりと料理を並べている。椅子は部屋の角々に何個かある程度で、ほとんどの学生は皿を片手に料理に群がっている。

「やっぱり女子生徒がいないと華がないですねぇ」

部屋の隅で椅子に座っていた私の元に、皿に料理をどっさりと乗せた松田君がやってくる。

確かに、うちの研究室には女子学生がひとりもいないから店内は店員なのか学生なのか見分けがつかない黒いスーツで埋め尽くされていた。

「範先生の所なんて女子学生八人もいるんですよ？　竹中先生の所も五人。いいなぁ、あやかりたいなぁ」

唐揚げを頬張りながら不服そうにぼやく松田君に苦笑を漏らし、私は飲めないビールで唇を湿らせた。乾杯のときくらい形だけでも、と学生に手渡されたビールは、手の中ですっかり温くなってしまっている。

「正直なところ、去年と一昨年《おととし》は絶対女子学生が入ってくると思ったんですけどねぇ。だって伊瀬君がうちにいてくれたでしょ？　彼目当てで来る子、絶対いると思ったのに」

私は思わず隣に座る松田君を見遣る。松田君は油で光る唇を突き出して、一心に部屋の中央を見ていた。つられてそちらに視線を向ければ、ダークスーツを着た伊瀬君が院生に囲まれて和やかに談笑しているところだ。

まったく日に焼けないのではないかと思う白い肌も、それを隠すような長目の黒い髪も、チタンフレームの眼鏡に縁取られたハッとするほど端整な横顔も、出会った頃から何も変わっていない。

手紙、処分しなくちゃ、と場違いに思った。さすがに今日はもう大学には入れないだろうから、明日の朝一で学校に行って、伊瀬君から預かっていた手紙は焼却炉まで持っていこう。

伊瀬君はこちらに横顔を向けたまま、私の方を振り返ろうとはしない。これまでさんざん伊瀬君を避けてきて、今更淋しいなんて思わないつもりだったけれど、どうしてか今は伊瀬君がこちらを見てくれないことに胸がジクジクと疼いた。

——……だってこれが最後なのに。

温くなったビールを無理やり喉に流して、一瞬伊瀬君に想いを伝えてみようかと思った。けれど考えるまでもなく想いは通じないだろうし、ただでさえ悪かった私の印象をさらに貶めたところでいいことなどひとつもない。

この四年間、伊瀬君には何もしてあげられなかった。彼が望む以上の知識を与えてあげることもできなかったし、就職活動の援助はするまでもなかったし、範先生が結婚してしまって肩を落としているだろうところを慰めることもできなかった。

それなのに最後の最後で妙なことを口走って、卒業式の楽しい思い出を嫌な記憶で塗り潰してしまうのも気が咎めた。せめて最後は何もしてあげないことが、唯一私にできることなのかもしれない。

「ねぇ春井先生、毎年のことなんですけど、僕ちょっとまだ信じられないんですよ」

隣でサンドイッチを頬張りながら松田君が呟く。もごもごと不明瞭な言葉に耳を傾けると、松田君はどことなく鼻声になっているようだった。

「伊瀬君も小松平君も村瀬君も、ここにいる全員、明日からもう大学にいないんですよ？ 研究室に行ったらひょっこりいつもの席に座ってそうなのに、絶対そうはならないんです」

信じられないなぁ、ともう一度言って、松田君は新しいサンドイッチを口に押し込んだ。

私は手の中のコップを口元へ運ぶ。

松田君の言う通り、卒業式は毎年ある。けれど、私は毎年違う気持ちで彼らの巣立ちを見送る。手のかかる子供たちをなんとか卒業まで導けてホッとする年もあれば、まだ何かと心配の残る子が多く不安な気持ちでその背中を見送ることもある。

でも今年はどうだろう。今年は――……。

「……………淋しくなるね」

考えるより先に、口からポロリと本音が漏れた。

伊瀬君は相変わらずこちらを向かない。隣では、松田君がウグウグ言いながらポテトサラダを口にかき込んでいた。

謝恩会は二時間ほどで終了した。これから学生たちだけで本当の打ち上げを始めるのだろう。そわそわした様子の卒業生たちを見送るため、私は最後に店の出口に立って彼らが出てくるのを待った。

それに気づいた生徒たちが、わらわらと私の周りに集まってくる。一言二言、ありがとうございました、お元気で、と私に声をかけて、固い握手をして出ていく学生たち。

たまには感極まって「あのとき単位をくれたご恩は一生忘れません！」などと叫んで私に抱きついてくる学生もいて、この子たちがいなくなったら研究室も淋しくなるなと、大きな背中を叩いてやりながら私はしんみりとした気持ちになる。

そして、店内から大方の学生たちが吐き出され、先程までの賑やかな様子からは打って変わってガランとしたその場所から、最後に伊瀬君が出てくる。

私は胸の内側で飛び跳ねる心臓を宥めながら伊瀬君がやってくるのを待った。最悪、無言で素通りされるのではないかとすら思っていたが、伊瀬君はちゃんと私の前で立ち止まって折り目正しく頭を下げてくれた。

「四年間、お世話になりました。度重なるご指導、ありがとうございます」

最後の最後に、改まった声でそんなことを言う。これまであんなに私を先生扱いしなかったくせに、平気で呆れた視線を送ってきたくせに。

——……泣かされそうじゃないか。

胸の奥から迫り上がってくるものをなんとか飲み込んで、私は伊瀬君に右手を差し出した。

「卒業しても……元気でね」

震えそうになる声を抑え、それだけ言うのが精一杯だった。

この震えが指先まで伝わらなければいい。最早伊瀬君の顔を見ることもできず俯いて右手を差し出し続けていると、そっと伊瀬君が私の手を取った。

——このときほど、伊瀬君を引き止めたいと思ったことはない。

伊瀬君に何も伝えないまま離れ離れになることを痛切に後悔した。

言っておけばよかった、いや、今からでも遅くない、伊瀬君の手を力一杯握り返し、顔を上げて叫んでしまえばいい。

君が他の誰を見ていたって、私は君が好きなんだよ――……。

けれど、結局それを口にしなかったのは年相応の理性が働いたのと、握り返した伊瀬君の手の感触に違和感を覚えたからだった。

人の肌とは違う、乾いてごわついたそれに私は目を瞬かせる。そうしてようやく自分の爪先にばかり向けられていた視線を上げると、伊瀬君と私の手の間には、茶色い封筒が挟まっていた。

私は思わず伊瀬君の顔を見上げる。

伊瀬君は、眼鏡の奥からいつもの静かな目でジッと私を見ていた。

たったそれだけのことで、私はその場にへたり込んでしまいそうになった。心拍数が跳ね上がり、いったいどれほど長いこと伊瀬君とまともに視線を合わせていなかったのか思い知る。

伊瀬君の目は真っ直ぐだ。いつからこうして私を見ていたんだろうと思うほど。

「……最後の指導を、お待ちしています」

前後の脈絡もなく唐突にそう言って、伊瀬君はするりと私の手を放した。

冷たく滑らかな指先が手の甲を滑る。私の手の中には、伊瀬君に握らされた封筒だけが残

って、これがなんなのか尋ねるより先に伊瀬君は店の外へ出ていってしまった。

私は店と外の境界線上でぼんやりと立ち竦む。

店の前になんとなく群がっていた学生たちも、伊瀬君が出てきたのを頃合いにぞろぞろと移動を始めたようだ。その中にはちゃっかりと松田君の姿もあって、今回も私だけがこの場に取り残される。

私は手の中の封筒を見下ろし、しばらく躊躇してから店先の明かりを頼りに封を切った。

なんの変哲もない茶封筒には、数枚の便箋《びんせん》が入っていた。三つにたたまれたそれを開いて、私は目を瞠る。

現れたのは、手紙だった。

しかもプリントアウトされたものではない、伊瀬君の手書きの手紙だ。

彼らしい、流麗な筆跡を目で追って私は息を飲む。手紙は手紙でも、これは恋文だ。

しかも宛名は――……私だった。

最初、質《たち》の悪い冗談なのかと思って、それにしては文面があまりに真摯で、私は激しく混乱する。意味もわからず読み進めていき、期せずして私は記憶の蓋《ふた》をこじ開けられることになった。それは遠い遠い、五年前の記憶だ。

『五年前、僕は高校二年生でした』

そう始まる手紙を私は何度も読み返す。

手紙の中には、五年前の伊瀬君がいた。伊瀬君の訥々《とつとつ》とした文章の隙間から当時の情景が浮かび上がってくるようで、私は思わず目を眇める。記憶の狭間《はざま》から、まだ少しあどけなさの残る伊瀬君の横顔が蘇る。

夏の、強い光が目を貫いた気がした。

――――五年前、僕は高校二年生だった。

その年の夏、僕は友人に連れられてとある大学のオープンキャンパスに参加していた。友人の兄が通うという、私立の理系大学だ。

友人の兄と、彼の所属する研究室の前で待ち合わせをした。外の喧騒《けんそう》とは打って変わって、研究室のある棟はひっそりと静まり返っていたのを覚えている。

「伊瀬、兄貴たちこっちに来るの、ちょっと遅れるって」

研究室の前に貼られた卒業論文の概要を目で追っていた僕は、携帯電話を耳に押しつける友人と、その隣に立つもう一人の友人を振り返る。

「ちょっとって、どのくらい」

「わかんねぇ。なんかさ、中庭で利き酒大会やってんだって。俺たちも来ないかって、誘われてんだけど」

二人の友人は明らかに興味をかき立てられている様子で、今にもこの場からいなくなりそうだ。

僕は外の日差しを思い出し、ゆっくりと目の前の掲示物に視線を戻す。

「僕はここで待ってる。行ってきていいよ」

友人たちは少々白けたような顔をしたが、長いつき合いだ、行かないと言ったらなんとしても動かない僕を理解していて、それ以上は強く勧めなかった。

「じゃあ、兄貴が研究室の中に入って待っててもいいってさ。適当に座ってろって」

わかった、と頷くのと同時に友人たちはバタバタとその場から駆け出していった。

薄緑のリノリウムの床から、ひんやりとした空気が這い上がる。蟬《せみ》の声が遠くから聞こえるその場所にしばらく立って、僕は研究室の扉を開けた。

室内には無人の机とパソコン、それから壁際に並ぶ本棚があった。本棚には過去の卒業論文や統計学の教科書、地方の地図などが雑然と詰め込まれている。人はいない。

大きな窓のすぐ向こうでは、新緑が夏の日差しを受けて眩しく照り輝いていた。

僕は眼鏡を押し上げながら視線を巡らせ、一台だけ電源のついたままになっているパソコンがあることに気づいた。他に見る物もなく近づくと、パソコンの前に乱雑に散らばった資料に目が行った。

どうやら授業で配られたプリントらしい。ザッと目を通して、JAVAでもC言語でもないな、と判じる。父親がSEだったせいか僕は子供の頃からおもちゃ代わりにパソコンを扱っていて、ゲーム感覚でプログラムを組んでいたから、それくらいの判断はついた。とはいえ、高校に入ってからは以前ほどパソコンに触る機会もなく、僕は懐かしいおもちゃを見つけた気分で本腰を据えて資料を読み始める。

それは、簡単なルールに則《のっと》ってセルが変化するだけの、単純なシミュレーションソフトだった。どうやら、生物の発生から消滅をシミュレートするものらしい。

正方形のセルが整然と並ぶ方眼紙に似た画面の上で、黒い点が明滅を繰り返す。この点を、授業では魚に見立てているようだ。

アルゴリズムは簡単。いくつかの場合分けをするだけで十分だ。僕は目の前のパソコンを迷わず無断で操作する。案の定、必要なソフトはきちんとインストールされていた。

カタカタとキーボードを叩く。画面はあっという間にアルファベットと数字の羅列で埋め尽くされる。最近は机に向かって受験勉強ばかりしていたから、久々の感覚に僕はすぐに夢中になった。

プログラム自体はすぐにできてしまって、画面上で黒い点が明滅を始めたが、僕はもう少しこれで遊んでいたかった。

もっと処理速度を早くすることはできないだろうか。もっと美しい設計はできないか。そう思いながらプログラム画面を睨んでいたら、フッと視界が翳った。

「あぁ……これは凄い」

いきなり真横で声がして、ギョッとして横を向くと、そこに男が立っていた。

薄茶色の、縁の太い眼鏡をかけた小柄な男。年の頃は四十代の半ばを過ぎているだろうか。背中を丸めてパソコンの画面を覗き込む姿が、僕の目にはなんだか少々情けなく映った。

その人は画面を覗き込んだまま、独白気味の小さな声で呟く。

「とても綺麗な設計だね。……でも、もう少し、あの、それを……」

いい年をして要点を整理して喋ることもできないらしい。何者だろう、と不審の眼差しを向ければ、その人は暑くもないのに額の汗を拭う仕種をして、ほんの少しだけこちらを見た。

「……少し、弄《いじ》ってもいいかな……?」

私服の僕を、この大学の生徒と信じて疑っていないらしい。

ガラス玉じみた、色素の薄い茶色い瞳がこちらを見て、そこにわずかな怯えの色を読み取った僕は素直に頷く。相手はそれにホッと目元を緩め、どこかためらいがちにキーボードに指を伸ばした。

細い、筋張った指が軽やかにキーを叩く。僕はほとんどなんの感慨もなくそれを見守っていたのだが、画面に打ち込まれた一行に、不覚にも軽く息を飲んでしまった。

思わず、身を乗り出す。

自分はこのプログラムのアルゴリズムをつい先程理解したばかりで、設計の吟味《ぎんみ》だってこれからするところだったけれど。

それでも、自力でこの一行を叩き出せただろうかと自問して、言葉が出なかった。

「ほら、見てごらん。少し処理速度が上がったから」

静かな声がして、彼の指先がポン、とエンターキーを叩く。画面上の黒丸が、前より滑らかに明滅するその様を、僕は黙って見詰めることしかできなかった。

「途中、ちょっと構文が複雑だったかな……？　ループで少し手間取ったみたいだね。そういうときは、紙に書き出してみるといいんだよ。考えをまとめやすくなるから」

プログラムひとつで直前の自分の思考まで読まれた気分になって、僕はいっそう何も言えなくなる。そんな沈黙の間にも、画面上では黒丸の群れが増えたり減ったりを繰り返し、しばらくすると群れの面積が段々小さくなってきた。

「減り始めたね……初期配置のせいかな」

呟いて、彼は細い指で画面の右上を指した。

「最初、この辺りに少し多目に魚を配置しただろう。これが群れになって左端に移った。この辺りの餌を取り尽くしたんだろうね」

餌。と僕は口の中で呟く。

目の前で動いているのは、ひとつのマスを中心に、その四方に何個の黒丸があるかによって中心のマスの状態が変化するだけの簡単なプログラムだ。少なくとも、餌、という概念はこのプログラムに組み込まれていない。

魚に見立てているとはいえ、よくすらすらとそんな物語を思いつくものだと思った。

「ほら、群れが完全に左端に移動した。端にいた少数の群れが大きな群れに飲まれていくだろう。餌場を追われて……ほら、消えた」

語尾がわずかに震えたようで、僕は隣に立つ人の顔を見上げる。

そして僕は、その人から目を逸らせなくなってしまった。

外からの、緑の光が照り返るその横顔が、本当に淋しそうに歪んだからだ。

「大きな群れも、段々数が減ってきた。この場所で取れる餌に対して、個体数が多すぎるんだ……ほら、もうバランスが取れない、どんどん減って、あれが最後の一匹だ」

僕は、その瞬間をパソコンの画面上では見なかったけれど。

多分、最後の一匹が画面から消えた瞬間、その人はとてもとても、悲しそうな顔をした。

そのときの。

そのときの気持ちを、僕は上手く言葉にできない。

パソコンの画面の中の、薄青い罫線。その中で明滅を繰り返す、黒い点。単純なアルゴリズムの下で発生と消滅を繰り返すそれを、あの人は、本物の生命が生き死にするのを見守るのと同じ目で見ていた。僕にとっては単なる数字の羅列でしかなかったそれに、あの人は確

かな仮想世界を見ていたのだ。

　僕は目を眇める。僕は。

　色彩どころか、想像をしたこともなかった仮想世界に突然極彩色を与えられたような。

　そういう、目も眩《くら》むような光を見た気が、した。


『貴方はもう、覚えていもいないでしょう。でも僕はあの日から、ずっと貴方を見ていた。突然こんなことを言われて驚かれるかもしれませんが、僕はずっと貴方が好きでした。最初は憧憬《しょうけい》のつもりでしたが、大学に入学して間近で貴方を目で追ううちに、これが慕情であることを知りました。最後にそれだけお伝えしたく、また、考えをまとめるには書き出してみるのがいい、と言った貴方の言葉に従って、こうして筆を執った次第です』

　薄暗い、店先の明かりの下で何度目かにその文章を読んだときにはもう、私は完全に当時のことを思い出していた。

　確かにいた。伊瀬君はあの日、私の研究室にいた。夏休みに研究室に来る学生がいるなんて珍しいな、と思って声をかけようとしたら相手は見覚えのない顔をしていて、別の研究室の学生なのだと思ってひどくうろたえたことを覚えている。

綺麗な顔立ちをした子だな、とも思った記憶はある。けれどそれ以上に、キーを叩く淀みのない指先と、画面上に現れるプログラムの速さと正確さに感嘆した。

高校生の伊瀬君が資料を頼りに組んだプログラムは、恐らくライフゲームだ。五年前、私がプログラミング応用実習を担当したその年に伊瀬君は大学を訪れていたのだ。

利き酒大会もその年に行われた。私の研究室が場所を移したのもその年で、そうだ、だから私は見知らぬ顔の青年を見て、とっさに自分が部屋を間違えたのかと思ったのだ。

ズルズルと記憶が蘇る。五年前、確かに私は伊瀬君と会っている。とすると、この後に続く伊瀬君の言葉も本当なのだ。

私は手紙の最後に書かれた一文に目を走らせる。追伸、で手紙は締めくくられる。

『恋文の文章教室を途中で終えてしまった僕の手紙は、きちんと恋文として貴方に届いたでしょうか?』

私はもう、いても立ってもいられずに手紙を握り締めて伊瀬君たちが去っていった方に向かって走り出した。

夜の街はネオンが眩しく、人通りも多い。スーツを着て、手に何かを握り締めて必死で走る私を、不審な顔でたくさんの人が避《よ》けていく。

息を切らして走りながら、伝わった、と私は胸の中で呟く。

手紙の中で好きだという言葉が出てくるのはたった一度だけだったけれど、それ以前の文章で十分伝わった。伊瀬君は本当に、あの日の私に心を動かされたのだ。私自身は何が彼の心を摑んだのかわからないが、確かに彼の心が揺れたのが文面から見て取れた。

伊瀬君の気持ちはわかった。彼はきちんと伝えてくれた。

だから次は、私が伝えなくてはいけないのだ。

しばらく走ったところで人ごみの中に見知った顔を見つけた。松田君だ。私は全力で走って後ろから松田君の肩を摑む。

「うぉわっ！　て、春井先生？　なんだ、びっくりしたー」

「松田君！　伊瀬君は⁉」

ギョッとした顔で振り返った松田君に理由も言わず尋ねると、松田君は少し困ったような顔で首を傾げてしまった。

「それが、さっきまで一緒にいたんですけど途中で急に帰るって。酔い覚ましに隣の駅まで歩いていくって、あっちの方に……」

松田君が指差した方向を見るなり私は彼の肩を摑んでいた手をほどいてまた走り出す。

背後から松田君が私を呼び止める声がした気もしたが、構わず全力で地を蹴った。

駅から遠ざかるにつれ、人通りも減ってくる。隣の駅まで電車で五分。歩いたらどれくらいかかるのだろう。よく考えたら伊瀬君がどの道を通るのかもわからないのに。いっそ電車に乗って隣の駅で待っていた方がよかったんじゃないか。様々な思いが胸を掠めるが、ジッとしていると胸が張り裂けてしまいそうで私はがむしゃらに走り続けた。

できるだけ伊瀬君が通りそうな広い道を選び、走り続けること数分。いい加減息も心臓も持たなくなり、走るというにはあまりにも覚束ない足取りで私は隣の駅を目指していた。

荒い呼吸を繰り返していたものだから喉が痛い。まだ春と呼ぶには寒い時期なのにスーツの下の背中が汗ばんでいる。

私は一度足を止めて外灯に手をつく。目の前には石畳の大通り。両脇に喫茶店や美容院、細々とした雑貨を売る店が軒を連ねるこの通りも、今はほとんどの店がシャッターを下ろし、人通りもなくひっそりと静まり返っている。

石畳の上に私の荒い呼吸が響く。俯いたらじわりと視界が歪んだ。

もうこのまま伊瀬君には会えず、私の想いを伝える術もないのではないか。そう思ったら乱れた呼吸に嗚咽が混じる。力一杯唇を噛み締め声を殺そうとしたら、カツン、と何かが石畳を叩く音がした。

反射的に私は顔を上げる。目を走らせると、遠い外灯の下にぽつんと人影があった。

黒いコートを着た、男性の後ろ姿だ。カツン、カツンとゆっくり石畳を踏んで歩くその背中を見て、私は最後の力を振り絞って駆け出した。

体力はもう限界で、気を抜けば足がもつれて転んでしまいそうだった。ヒューヒューと喉が鳴る。まだ、声は出るだろうか。息は続くだろうか。私は走りながら必死で喉を反らせ、喘ぐように叫んだ。

「――……伊瀬君！」

カツン、と石畳を踏む音が、止まった。前を歩いていた黒い影が立ち止まり、ゆっくりとこちらを振り返る。

外灯が相手の顔を照らし出す。

そこにいたのは、確かに伊瀬君だった。

息が、止まりそうになる。ほんの最近まで講義棟で、食堂で、図書館でさんざん見てきた伊瀬君の顔なのに、今は見ただけで胸が塞《ふさ》がってしまいそうだ。

伊瀬君は外灯の下で両手をコートのポケットに入れ、私が走ってくるのを見ている。ちゃんと私の声は届いて、伊瀬君は待っていてくれる。そう思ったら、もう動かないと思った足が現金なほど速く動いた。全力で走って走って手を伸ばす。

指先に、伊瀬君のコートの裾が触れた。私はそれをがむしゃらに摑んだところで力尽き、前屈みになってもう一方の手で自分の膝頭を摑んだ。

ゼェゼェと苦しい息が石畳に跳ね返る。冷たい空気を一杯に吸い込んだ胸が痛い。それでも私は無理やり顔を上げ、伊瀬君の顔を見上げて叫んだ。

「……伝わったよ……！」

叫んだつもりが掠れた声しか出ない。見上げた伊瀬君の顔は外灯の逆光でよく見えなかったけれど、構わず私は続けた。

「君の手紙は……ちゃんと恋文だったよ……！　添削の必要なんてない、ちゃんと伝わったよ……！」

伊瀬君のコートの、ポケットより少し下を強く握り締め、私は白い息と一緒に長く胸に秘めていた想いを吐き出した。

「——……私も、君のことが好きだ……！」

もう、どうにでもなれと思った。

伊瀬君は大学を卒業してすでに私の生徒ではなく、だからもう会う機会もないのだと思ったら抑えられなかった。

肩で息をしながらそれだけ言って、私は再び顔を地面に向ける。常日頃心肺機能を存分に怠けさせていたものだから、久々の全力疾走は相当堪《こた》えた。

そうして前屈みになって息を整えていると、波打つ背中にそっと手が添えられた。

「……危なかったですね、春井センセイ」

伊瀬君が、私の背中をさすってくれている。いつになく優しい仕種にどきりとして一瞬息の止まった私に向かって、伊瀬君は潜めた声で囁いた。

「貴方の方から追いかけてきてくれなかったら、後日問答無用で襲いに行くつもりでした」

静かな声とは裏腹な、襲う、という不穏な単語に私は思わず顔を上げる。

そこには私と同じく身を屈めた伊瀬君の顔があって、予想より大分近いその距離に私はまたしても息を乱してしまう。

まともに呼吸も整えられない私を、伊瀬君はやっぱり呆れたような顔で見ていた。そのことにがっかりするよりも、私はなんだか、ひどく安堵する。

伊瀬君、とその名を呼ぼうとしたら、背後から賑やかな声が近づいてきた。振り返ると、しこたま酔った数人の男女がぞろぞろと通りに入ってきたところだ。

駅から離れ人通りが少なくなっているとはいえ、まだ繁華街からさほど離れていない場所だ。もしかしたらうちの研究室のメンバーもこちらまで来ることがあるかもしれない、と再び伊瀬君を見上げようとしたら、いきなり腕を摑まれた。

「少し歩けますね?」

確認というより、頷くことを強要する口調で言って伊瀬君は私の腕を引き歩き始める。私はその背中に、どこへ行くつもりかと尋ねた。

肩越しに伊瀬君がこちらを見て、眼鏡の奥の目がほんの少しだけ緩んだ。

「決まっているでしょう、僕の部屋です」

その台詞に、どうしてだか私は甚だしく動揺する。ともすればその場に立ち止まってしまいそうになるのをなんとか思いとどまって、私は自分を叱責した。

動揺する必要なんてないじゃないか、私はただ、教え子の部屋に行くだけなのだから。そう自分に言い聞かせて、私は大人しく伊瀬君の後をついていく。

後悔なんて、するはずがないと思った。


謝恩会のあった場所から電車を乗り継ぎ、二十分ほどで駅に降りた。そこからさらに十分弱歩いて辿り着いたのは、三階建てのアパートだ。伊瀬君の部屋は二階の角部屋で、通された1Kの室内は男子学生の一人暮らしとは思えないほどよく片づいていた。

黒い机とその上の黒いノートパソコン。白いチェストに生成りのベッド。白と黒で統一された部屋が几帳面な伊瀬君らしい。

学生の部屋に来るのなんて初めてで興味深く室内を見回していると、キッチンから伊瀬君がコーヒーカップを二つ持ってやってきた。

「どうぞ、インスタントですが」

部屋の真ん中に置かれたローテーブルの上にカップが置かれ、ラグを敷いた床に直接腰を下ろしていた私は恐縮してそれを受け取る。伊瀬君に何かしてもらうときは、毎度のことやたらと緊張する。

伊瀬君はテーブルを回って私の向かいに腰を下ろすと静かにカップを口元へ運んだ。

伊瀬君の背後にはシングルベッド。寝乱れた様子もなく整えられたそれを前に、私はどうにも落ち着かない気分になる。初めて伊瀬君からもらった恋文の出足が『やらせてください』なんて不穏な言葉だったからだろうか。いや、だからってまさかそんな突然、と妙な汗を浮かべながら伊瀬君とその背後のベッドを見るともなしに見ていたら、それまでカップの中に視線を落としていた伊瀬君がふいにこちらを見た。

「……何か？」

冷静な声で問われて私は慌てて首を振る。こうして見ると伊瀬君は直前に恋文をくれたとは思えないくらい落ち着いて、なんだか私ひとりが不埒《ふらち》なことを考えている気分になる。

後ろめたさを拭うように、私は伊瀬君から視線を逸らしながらカップを両手で包んだ。

「いや、なんだか、君からあんな手紙をもらったのがまだ信じられなくて……。君はずっと私をろくに先生扱いしてくれなかったし、いつも不機嫌な顔でお説教ばかりだったし……」

「それはまぁ、貴方のおかげで志望校まで変えてあの大学に行ったのに、貴方は僕を覚えていない上に質問に行っても一向に思い出さないのだから、そういう態度にもなるでしょうね」

平淡な声で言い返され、私はギシリと硬直する。伊瀬君の声は一本調子で、怒っているのかそうでないのか判断するのが難しい。そろそろと伊瀬君の表情を窺うと、眉間にうっすらと皺が寄った。

「それに、研究以外はからっきしで、他の教授や生徒に軽んじられている貴方を見るのも嫌でした。研究に関しては抜きん出た才能を持っているくせに、普段の生活態度を改めないからあんなに馬鹿にされるんだと、そう思って口うるさく注意していたんです」

「ご、ごめん……」

またぞろ伊瀬君が不機嫌そうな顔になって、反射的に首を竦めて謝ってから私ははたと動きを止める。だって今、言葉の途中で凄いことを言われなかったろうか。研究に関しては抜きん出た才能を持っているくせに……?

途端にカァッと顔が赤くなった。叱《しか》りながら褒めるなんて、どういう複雑な文法だ。危うく聞き逃すところだった。

伊瀬君は難しい。こんな冷たい態度で、辛辣な言葉で、それでも私が好きだと言う。

「やっぱり、まだちょっと信じられないな……」

呟いて私はカップを口元に運んだ。インスタントだというそれは十分美味《おい》しくて、外の寒さで強張っていた私の口元がゆっくりとほどける。電気ストーブの低いノイズが響く中、私は独白じみた声音で呟いた。

「私はずっと、君は範先生が好きなんだとばっかり思っていたよ……」

伊瀬君も私も、まだ卒業式で着ていたスーツのジャケットすら脱いでいない。妙に畏《かしこ》まった空気の中、何かの面接のようだと思い、でもどちらが面接官だろうとふわりと意識を浮遊させようとしたら、それを伊瀬君の深い溜め息が引き止めた。

「それはまた、随分と突飛な勘違いをしたものですね」

呆れたようなその顔に私はムッと唇を尖らせる。

「突飛じゃないよ。君が私を好きだなんて思うよりずっと自然じゃないか。これまでの君の行動を見たって……」

「僕がいつ、範先生を好きな素振りなんて見せたんです」

「だってあのとき――……」

言いかけて、胸の奥が引きつれるように痛んだ。そういえば今まで、あの光景は極力思い出さないようにしていたんだったと今さら気づく。思い出しただけでこんなに息苦しくなるなんて、自分はどれくらい伊瀬君に惹かれていたんだろうとも。

「……裏庭で、私を突き飛ばして範先生の手を取ったじゃないか……」

自分でも思いがけなく傷ついた声が出てしまって、私は俯いて唇を噛む。しかし、そんな傷心の私に返ってきたのはとんでもなく不機嫌そうな低い声だった。

「貴方があんまり大事そうに範先生の背中を抱いているからでしょう。あんなものを見たら誰だって、むしり取ってやりたくもなります」

「え、な、私が悪いみたいな……!?　仕方ないじゃないか、だって蜂が……！」

「理由はどうあれ」

伊瀬君が片方の眉を吊り上げて、それだけで私は言葉を飲み込んでしまう。一を言えば十が返ってくる伊瀬君だ。しかも毎回正論で耳の痛いところばかりついてくるから、今回は何を言われるのだろうと私は身構える。

伊瀬君はカップをテーブルに戻すと、真正面から私を見て言った。

「もう何年も恋焦がれている相手が自分以外の誰かを抱きしめていたら、多少暴力的な気分になってもおかしくはないでしょう」

物凄い剛速球が飛んでくるぞ、と思っていたら想像をはるかに超える魔球が飛んできた。ボールが視界から消えたり、実際より多く見えるような、現実にはありえない投球を見せつけられたバッターよろしく私は口を半開きにして伊瀬君を見返す。伊瀬君はこちらを見て何も言わない。

しばらくして、数秒遅れで首から頬へ血が上った。

私は不自然なくらい勢いよく伊瀬君から目を逸らすと、赤くなった頬を隠そうと無意味に手の甲で頬を拭う。

「そ、そ、そんなことを言われたって……私は、き、君の気持ちを、知らなかったし……！」

「でしょうね。だからますます腹が立ったんです」

冷静な声に言い負かされそうだ。私はとにかく反論しようと目まぐるしく思考を巡らせる。

「でも……私は——……そ、そうだ！　五年前のオープンキャンパスで範先生が君に会ったって言ってたから、だからてっきり……！」

五年前？　と繰り返し、伊瀬君が訝し気に眉根を寄せる。そうしてしばらく考え込んでから、あぁ、と伊瀬君はどうでもよさそうに呟いた。

「そういえば、会いましたね。オープンキャンパスで大学の廊下を歩いていたら片言の女子学生が就職課はどこかと訊いてきて、知らないと答えたらフグのようなふくれっ面をされました。失礼な学生がいると思っていたのに入学してみたら実は範先生で、いつだったか嫌味のつもりで本人にその話をしたら、私のことずっと覚えていてくれたの、と見当外れな返事をされたことがあります」

　それが何か？　と続きそうな伊瀬君の顔を見ていると、ここ数ヶ月自分が悩んでいたことがあまりにちっぽけなようで、そんな自分が阿呆《あほう》みたいでやりきれない。実際そうであったとしても易々《やすやす》とは受け入れ難く、私はボソボソと反論を試みた。

「じ、じゃあ、夜道で一緒になったとき、駅まで送っていったっていうのは——……」

「帰る方向が一緒なのだから必然的にそうなるでしょう」

「そのとき範先生が流れ星を見上げてウサギが走ってるみたいって言ったら、君、笑ったって範先生が……」

　私の前でだって滅多に笑わないのに、と、つけ足したら、短い沈黙の後、ぽつりと伊瀬君が呟いた。

「……妬きもちですか」

「！　ち、そ、そういうわけじゃあ……！」

「貴方のことを思い出していたんですよ」

慌てふためく私の言葉を遮って、伊瀬君はカップの中を見下ろして淡々と言葉を接いだ。

「範先生が星をウサギにたとえたとき、貴方の言葉を思い出したんです。範先生のような年若い女性ならともかく、貴方のようないい年をしたオッサンが白波をウサギにたとえるなんて、随分とメルヘンだと――……」

「わ、わ、悪かったね！」

思わず大きな声で返すと、再び伊瀬君の視線がこちらに戻ってきた。

「ここまで言わせれば満足ですか。範先生なんて最初から眼中になくて、貴方のことしか見ていなかったと、きちんと伝わりましたか？」

突然の告白にギュッと喉が絞まる。

そんな言葉を聞きたくて問答を続けていたわけではなかったのだけれど、結果的に随分頑張ってその台詞を伊瀬君から引っ張り出したような形になってしまい、急に気恥ずかしくなって私は深く目を伏せた。

次の瞬間、伊瀬君が無言でスーツのジャケットを脱ぐのが目の端に映って、私は自分でも露骨なくらい肩を跳ね上がらせ勢いよく顔を上げた。

「な、なにするんだい⁉」

袖《そで》を抜きかけていた伊瀬君の動きが止まる。そのまま数秒私を見つめた後、伊瀬君は何事もなかったかのようにまたジャケットを脱ぎながら言った。

「そろそろ部屋も暖まってきたのでジャケットを脱ごうかと」

「そ、そうか。……そうだよね」

ホッと私は息をつく。それから急に、伊瀬君の行動に過剰に反応している自分に気づいて恥ずかしくなった。若い娘でもあるまいし、と自分で自分を嘲笑ってやってコーヒーを口元に運んだら、伊瀬君がぽつりと呟いた。

「まさか貴方から誘っているわけじゃありませんよね？」

あと少しで伊瀬君の顔面に向かって盛大にコーヒーを吹き出すところだった。それをギリギリのところで堪えてなんとかむせるにとどめ、咳き込みながら私は上ずった声を出す。

「そ、そん、何、何を……！」

「冗談ですよ。言ってみただけです」

さらりと言い放って伊瀬君は涼し気な顔でコーヒーを飲んでいる。こうなるともうどこまでが冗談なのかもわからなくなって、何事か言い返す言葉も出てこない。

すっかり平常心を失ってしまった私を見かねたのか、伊瀬君がコーヒーから上がる湯気を溜め息で吹き飛ばした。

「心配しなくてもいきなり取って食ったりしません。若さも体力も欠ける貴方相手に無理強いはしませんよ」

その言葉に安堵したのも束《つか》の間《ま》、伊瀬君の微妙な言い回しに気づいて、私は恐々尋ねる。

「いきなりしないということは、いつかはするっていう……？」

「まぁそういうことになりますね」

なんの躊躇もなく伊瀬君に肯定されてしまい、私はまたしても目の持っていき所がわからなくなる。伊瀬君の顔を真正面から見る勇気もないし、その背後のベッドを見ているのも何だか怖い。視線の先に気づいた伊瀬君が「やっぱり誘っているんですか？」なんて言い出しかねない。

手紙にもあれだけはっきりと書いていたのだから、当然そういう関係に行き着きたいのだろうことは想像できるが、しかしその相手が自分だと思うと俄かに想像はあやふやになる。

「嫌ですか」

様々なことに思いを馳せ長く黙り込んでいたら、出し抜けに伊瀬君が声を上げた。我知らず俯けていた顔を上げると、伊瀬君がジッと私を見ている。予想外に真摯な表情にドキリとして、私は伊瀬君から目を逸らせないまま弱々しく呟いた。

「い、嫌というか……私はそういう、その、ど、どうすればいいのかとか、全然、知らないから……」

「男同士のやり方ですか？」

う、と私は言葉を詰まらせる。当然男同士の性交なんでどうするのかわかるはずもないが、実は女性とのそれすら経験がないと言ったら伊瀬君はどんな顔をするのだろう。さりとてそれを馬鹿正直に白状する気にもなれず、私は言葉もなく曖昧に頷く。すると、伊瀬君は私の返答を予期していたように鷹揚《おうよう》に頷いて、随分と頼りがいのある口調で言った。

「大丈夫です。勉強しておきましたから」

何を！　と思わず詰め寄ってしまいたくなるのを私は必死で堪える。そんなものは問うまでもなく、男同士のあれやこれのことに違いない。自らそれを聞くのはやぶへびだ。

そこでふと気になって、私はおずおずと伊瀬君に尋ねた。

「ちなみにその勉強は……私のためにしてくれたのかい？」

「……どういう意味です？」

そのー……、とちょっと言葉を濁してから、私は伊瀬君を窺い見た。

「伊瀬君は元から、男性しか好きにならないとか……そういう……？」

言った途端、伊瀬君の眉間にざっくりと鑿《のみ》で削ったような深い皺が寄った。その凶悪な面相に思わず背中を仰け反らせた私に、伊瀬君は低い声で答える。

「……男性に対してさわりたいと思ったのは、後にも先にも貴方だけですね」

「そ、そ、そうなんだ……？」

「僕は自分をゲイだとは思ってません。基本的に女性の方が魅力的だと思いますし、貴方以外の男性を見て何かを思うこともない。貴方だけです、貴方だからです」

「す、すみません……」

伊瀬君があまりにきっぱりとものを言うので、思わず謝ってしまった。

二回り近く年下の学生相手になんて様だろう、と項垂れかけて、はたと私は思い至る。

もしかすると今、なんだか凄い告白をされたような……?

やっぱり私はどうにも鈍いらしく、耳朶はいつも時間差で熱くなる。目を上げれば、伊瀬君は憮然とした表情でコーヒーを飲んでいた。ちょいちょい際どい告白を挟んでくる割に伊瀬君の態度は普段とさほど変わらない。

テーブルを挟んだ向かいに座る伊瀬君は遠い。腕一本分の距離だけれど、遠い。そのせいか、私はまだ伊瀬君の真意が摑みきれない。

——伊瀬君は本当に、私のことなんて好きなんだろうか?

「だったら、伊瀬君……」

カップを口元に持っていったまま、その縁から伊瀬君がこちらを見る。私はひとつ息を吸い込んで、なるべくいつもの調子を保って伊瀬君に尋ねた。

「……今も私に、さわりたい、と、思うかい……?」

伊瀬君がわずかに目を瞠った。今まで手招きしても寄ってこなかった獲物が自ら射程距離に入ってきた、といったところか。私だって、うかつな質問をしている自覚は重々ある。

伊瀬君はしばらくカップの縁越しに私を見詰めてから、ゆるゆるとカップをテーブルに戻した。

「……許されるなら」

コトン、とテーブルにカップが置かれ、その音にいつもより低い伊瀬君の声が重なる。

「貴方さえ、許してくれるなら――……」

さわりたいです、と吐息の混ざる声で囁かれ、私は膝の上に置いていた手をギュッと握り締める。室内は静かで、電気ストーブの音しかしなくて、だから自分の心音がどんどん大きくなっていくのが嫌でもよくわかった。

これではまるで私の方がさわって欲しいと言ったみたいじゃないか、と思いながら、私は膝の上の手をそろそろとテーブルの上に移動させる。テーブルの中心まで持っていくと、反対側から伊瀬君の手が伸びてきて無言で私の手を摑んだ。ビクリと体が震えて反射的に私は手を引こうとする。それを許さず、伊瀬君が強い力で私の手を握り締める。しばらく無言の攻防があり、やがて私が力尽きると、伊瀬君は互いの掌を合わせ、指を絡ませるようにして私と手を繫いだ。

そのまま、どれくらい二人して繫いだ手を見ていただろう。ふいに伊瀬君が口を開いた。

「……まだ、貴方のことが好きだ何て自覚もできていなかった頃、どうしてこんなに貴方が気になるのかさんざん考えました。……自分が貴方をどうしたいのかも」

伊瀬君は互いの手から視線を上げないまま、当時のことを振り返っているのかしばし口を閉ざす。促すこともできずに私が待っていると、伊瀬君はひっそりと呟いた。

「さんざん考えて、ああ自分はこの人にさわりたいんだと思って、それ以上のことも想像してみたらまったく問題なくしたいと思えて……でも、僕にそんなことをされたら貴方はどう思うんだろうと思ったら、うかつに手なんて出せなかった」

言いながら、伊瀬君の指先が愛し気に私の手の甲を撫でる。たったそれだけの行為なのに万感の想いがこもっているようで、私はすっかりそこから目を逸らせなくなる。

フッと、耳元を伊瀬君の吐息が掠めた気がした。

「正直な話をしてしまえば、この数年の間には思い余って、無理やり貴方を押し倒して力尽くで自分のものにしてやろうかと思ったこともありましたが――……」

淡々と続く静かな声音からは想像もつかない方向に話が転がって、否応もなく私は身を強張らせる。もしかして今も⁉　などと思ったらもう伊瀬君の顔を見ることもできない。

まさかこのまま伊瀬君とどうにかなってしまうのだろうか。伊瀬君のことは好きだけれど、恋愛に関して生々しいことをあまり考えたことのない私はひどくうろたえる。身動きもとれず、ただただ繋がれた手を凝視していたら、今度こそ伊瀬君がはっきりとした溜め息をついた。

「でも、貴方に嫌われるのが怖かった」

怖い、というおよそ伊瀬君らしからぬ言葉に、それまで大騒ぎしていた私の思考が大人しくなる。恐る恐る顔を上げると、伊瀬君は繋がれたままの手をジッと見ていた。

「貴方を好きだと何度も言おうと思ったけれど、それすらできなかったんです。今日渡した手紙も、ギリギリまで渡すかやめるか、迷いました」

だから、と呟いて、伊瀬君はほんの少しだけ目元を緩めた。

「今は、こうして貴方にさわられるだけで満足なんです」

こんな満たされたような、穏やかな顔をする伊瀬君は珍しくて、なんだか私はドギマギする。そして、今は、と言った伊瀬君の言葉を胸の中で繰り返し、じゃあ、いつかは、とぼんやりと自問した。

いつか、もう少し時間が経ったら、私がもっと伊瀬君に近づいて、その体に寄り添ったりすることもあるんだろうか。

想像もつかない、と思う。だって伊瀬君はいつも怖くて、私を嫌っているようで、私は伊瀬君の前に出るたびに次は何を言われるだろうとオドオドしてばかりいた。

今だって、こうして手は繋いでいるもののテーブル越しの伊瀬君は遠い。

年のせいか、現状を受け入れるのに少し時間がかかるようになってしまった。だってまだ夢みたいだ。次に会うときはもう、いつもの伊瀬君に戻っているんじゃないかとすら思う。

「……伊瀬君、今日は優しいね……」

思わず呟いたら、伊瀬君がピクリと眉を上げ、やっとこちらを見た。

「まるで普段は優しくないような言い方ですね」

「そ、そうじゃないけど……いつもはもっと、ピリピリしてたような……」

「自分の気持ちを偽らなくていいというのは、思いの外気が楽なんです」

なんだかやけにさっぱりとした口調で言って、伊瀬君はもう一方の手でも私の手に触れた。柔らかく撫でられて、私の指が緩む。掌を合わせるようにして繋がれていた手が一瞬だけ離れ、伊瀬君は両手で包み込むように私の手を取ると、それを自分の顔の高さまで持ち上げて額に押しつけた。

「貴方に避けられている間は、もう絶対に、こんなふうにはさわれないと思っていました」

目を閉じて、伊瀬君が呟く。私のこんな乾いた手を、大切そうに両手で包んだまま。

手のすぐ側にある、伊瀬君の整って白い顔。

私はそっと指を伸ばし、爪の先で頬にふれる。伊瀬君の瞳がこちらを向く。

――……唐突に、さわりたい、と思った。

「……隣に行ってもいいですか？」

前触れもなく呟かれた伊瀬君の言葉にギクリとしたのは、自分もちょうど同じようなことを考えていたからだ。もう少し、伊瀬君の側に行きたいと思っていた。

思考を見透かされた気分で私がぎこちなく頷けば、伊瀬君は両手で包んでいた私の手をテーブルに戻して身軽に立ち上がった。

伊瀬君がストンと私の隣に腰を下ろす。が、自分のカップを手元に引き寄せただけで、私には手を伸ばさない。手紙には大分過激なことを書いていたから、部屋に連れ込まれたらすぐにでも押し倒されるのではないかと思っていたのだが、思いの外伊瀬君は先を急がない。それどころか、なんだか私の方が離された手を寒々しく感じてしまって、私はテーブルの上に置き去りにされた手を開いたり閉じたりしながら伊瀬君に尋ねた。

「て、手は……もう、いいの……?」

尋ねたつもりが、繋いで欲しい、と催促するような物言いになってしまい、恥ずかしいを通り越していたたまれないような気分になる。別にそういうわけではなくて、と私が弁明するより先に、伊瀬君が意外そうな口振りで言った。

「いいんですか?」

「そ、それくらいなら、別に」

「嫌ではない?」

改めて問われ、私は想像してみる。

伊瀬君と手を繋ぐのは嫌じゃない。伊瀬の手は大きくて、ギュッと握られると心臓が飛び上がる。一瞬息が止まりそうになるけれど、嫌な気分では決してなかった。

「……君にさわられるの、嫌じゃないよ」

「ちゃんと考えてものを言っているでしょうね」

「し、失礼だな、当たり前じゃないか」

だったら、と伊瀬君が首を伸ばして私の顔を覗き込む。

「手だけでなく、僕に肩をさわられるのはどうですか」

どう、と言われ、思わず想像してしまった。硬い掌は、きっと温かく肩を包み込む。

私の顔を見詰めて答えを待つ伊瀬君に、ちゃんと考えてから、私は答えた。

「…………嫌じゃない」

でもどうしてこんな話になったんだっけ、と思う間もなく伊瀬君の手が私の肩を抱き寄せる。また心臓が跳ね上がったけれど、思った通り嫌じゃなかった。背中から肩にかかる伊瀬君の腕の温かな重みが心地いい。

理性とか常識とか、自分が世間と対立してしまわないよう長年かけて積み重ねてきたものが、バターを常温で溶かすようにゆっくりと溶けていく気がする。

伊瀬君は私の肩に手を置いたまま、それ以上強く引き寄せることもしなければ私の肩を放すこともしない。互いの体の間にはまだほんの少し隙間が残っている。

その体勢のまま、どのくらい長いこと逡巡したことだろう。

随分経ってから、私は思い切って伊瀬の胸に自分の頭を凭せかけた。

調子に乗るなと突き飛ばされるか勢い余って押し倒されるかどっちだろう、と相当の覚悟を持って行動に出た私だったが、意に反して伊瀬君はやっぱり何もしてこない。

もしやことここにきて伊瀬君の方が怖気づいたのだろうか、と様子を窺うと、耳をつけた伊瀬君の胸から鼓動の音が聞こえてきた。

伊瀬君の息遣いや身じろぎする音を探るつもりで耳をそばだてていたはずなのに、期せずして伊瀬君の心音に耳を傾けることになった私は目を丸くする。

伊瀬君の脈動が、とんでもなく速い。驚いて顔を上げると、斜め上にある伊瀬君は普段通りの無表情だ。こんな涼しい顔をしているくせにあの鼓動？　と私は自分の目を疑う。

「……なんです」

いつまでも伊瀬君の顔を見上げて動かない私に、伊瀬君が眉を顰める。本当にびっくりするほど普段の顔じゃないかと、私はフラフラと片手を持ち上げ伊瀬君の頬に指を伸ばそうとした。が、その手は途中でもう一方の伊瀬君の手に摑まれてしまう。うるさいハエでも落とすようなぞんざいな仕種だったが、私の手を握り締める力は強く、指先は随分と熱い。

そういえば、と私は思い出す。

夏合宿のときもそうだった。山道で迷って、二人で手を繋いで頂上を目指して。繋いだ指先は熱かった。あのときも、伊瀬君の心臓はこんなにバクバクいっていたんだろうか。

そんなことを考えていたら、いつの間にか伊瀬君の顔が近づいていた。とうとう唇でも奪われるかと身を固くしたがそうはならず、伊瀬君は私の髪に鼻を埋《うず》めてくる。それでも十分うろたえて、私は伊瀬君の胸に半身をつけて身じろぎした。

「い、伊瀬君……さっき、走って汗をかいたから、あんまり……」

「そうですね、貴方の匂いがする——……」

伊瀬君の声に、くらりとするような雄の匂いが漂う。さんざんやらせてくださいだのなんだの過激なことを言っておきながら、実際伊瀬君がセクシャルな部分を露呈させるのは初めてのことではないだろうか。そう思ったら、私の心拍数までぐんと加速した。

慌てふためく私を知ってか知らずか、伊瀬君が私の肩を抱く手にそっと力を込める。

「これぐらい近づいても大丈夫ですか」

「だ、大丈夫、だけど……」

さらに強く肩を引き寄せられ、髪に埋められていた唇が移動する。伊瀬君の吐息が額にかかって、私はピクリと肩先を震わせた。

「これくらいは？」

「……だ、大丈夫……」

伊瀬君の広い胸に半身をぴったり寄せた状態で、私は顔を赤くして答える。次の瞬間、いきなりぐるりと視界が反転した。

「これくらいは」

いつもの顔で伊瀬君が尋ねる。その顔が、逆光になっている。

気がつけば私は伊瀬君の腕を背中の下に敷く形で押し倒されていて、状況を理解した途端、ボッと火がつくように顔が赤くなった。

「そ、そ、そこまでは！」

「駄目ですか」

「そんな、だって、まだ——……っ…」

こんなやり取りをしている間も伊瀬君の顔はどんどん近づいてきて、とうとう私は空いている方の手を伸ばし接近した伊瀬君の口元をガバリと掌で塞いだ。

掌に柔らかな伊瀬君の唇が触れ、それだけで心臓が大きくひとつ跳ね上がる。

伊瀬君は私に覆いかぶさったまま、私の手を振りほどくでなく、身を起こすでなく、こちらを見詰めて何も言わない。ただ、ゆっくりとした瞬きで「どうして」と静かに問う。

駄目ですか。好きなのに。どうして？

「だ、だって……」

無言の問いかけに私は答えを言いあぐねる。

伊瀬君は、男同士なのになんとも思わなかったんだろうか。抵抗はなかったんだろうか。

だって考えずにはいられない。

男同士でずっと寄り添って生きていくことなんて可能なんだろうか。世間はそれをどう見るだろう。時間が過ぎて、伊瀬君も老いたとき、後悔はしないだろうか。私を選ぶことで胸を張って家族と呼べる人が得られなくなることや、子供が残せなくなることを。

考えて、私は軽く唇を噛む。本当はわかっている。こんなことにつらつらと思いを巡らせるのは単なる時間稼ぎだ。私なんかよりよっぽど賢い伊瀬君は、私が心配したようなことなんてとっくの昔に考察済みだろう。

きっときちんと考えて、それでも私に手を伸ばした。

私は伊瀬君の口を塞いでいた手をそっとどけると、か細い声で伊瀬君に尋ねた。

「伊瀬君……君は、私の手を取っても、人並みに幸せになれる自信はある？」

伊瀬君が片方の眉を持ち上げる。直後、自信に満ちた、力強い声が上から降ってきた。

「当然。勝算もなく行動を起こすほどの馬鹿ではないつもりです」

馬鹿にしてるのか、とでも言いた気な目で見下ろされ、それもそうかと私は苦笑を漏らす。伊瀬君のことだ、確信もなく実行するほど浅はかでもないだろう。

私は泣き笑いのような顔になって伊瀬君の頰を撫でる。

「でも私は、君の人生を滅茶苦茶にしてしまいそうで怖いよ……」

「それを言うなら僕の将来設計は五年前――いえ、もう六年前になりなりますか。当の昔に破壊されています」

何を今さら、と伊瀬君が鼻で笑う。

自覚のないことを責められても困ってしまい、私が返す言葉もないでいると、いつもは冷淡な嘲笑《ちょうしょう》で終わるそれが、今日はゆっくりとほどけて優し気な笑みに変わった。

「……貴方込みで生きていく人生設計なら、六年がかりで完成させていますが」

伊瀬君の顔が再び近づいてくる。私はもう、それを止められない。

「行き当たりばったりで生きている貴方の設計より、ずっと信頼性は高いですよ」

囁いて、伊瀬君は私の額にキスをした。

「――……貴方なんかに心配されるまでもない」

貴方なんかに、という部分に侮蔑《ぶべつ》を込めたつもりかもしれないが声は隠しようもなく甘く、心配しなくていい、と、力強く言われた気分になる。

大丈夫、と背を押され、体の一番奥で固まっていた小さなしこりのような不安も、とろりと溶けてしまった気がした。

「……伊瀬君、私は……こんなうだつの上がらないオジサンだよ……?」

目を閉じて呟くと、知ってます、としれっとした返答があった。

「短絡的で実行力も乏しいし」

「知ってます」

「些細なことで落ち込んですぐ迷うし」

「知ってます」

「世間の目が怖い臆病者《おくびょうもの》だし、決定力に欠ける優柔不断だし」

「十分知ってます」

「……それでも？」

「もちろん」

だったら、と、私は再び目を開いて伊瀬君を見上げた。

「全部、君に任せてしまってもいいかい……？」

「構いませんよ。貴方が考えるより妥当な判断ができるでしょうから」

「じゃあ、教えてくれないか」

諸々の不安や懸念が消えたわけではない。ただ、溶けて広がって拡散しているだけだ。

それでも今は、こんなに真摯に私とのことを考えてくれている伊瀬君に応えたかった。

「――……今夜私は、このまま帰った方がいいかな」

答えを委《ゆだ》ねるつもりで尋ねると、伊瀬君が軽く息を飲んだ。どうやら私のこういう反応は、まったく予想していなかったようだ。

まじまじとこちらを覗き込んでくる伊瀬君の目をまともに見返すのはさすがに気恥ずかしく、私は視線をずらしながら言葉を接ぐ。

「……想像してみたけれど、嫌じゃ、なかった……。でも、進んで君の人生を滅茶苦茶にする度胸もないんだ」

きっと今さら私の人生は狂わない。元から正確な進路があったわけでなく、何が起きても受け入れられる。でも、伊瀬君のそれまで抱えていくだけの若さも自信も、私にはない。

「卑怯《ひきょう》だけれど、君に任せて、いいだろうか……」

君に決めて欲しいんだと、私はもう一度伊瀬君に視線を戻す。自分から誘うようなことをして本当はとんでもなく恥ずかしかったが、もう目は逸らさなかった。

伊瀬君はしばらく目を見開いて私を見下ろしてから、少し掠れた声で呟いた。

「……貴方に決断力がないのも自信がないのも十分知っていたので今さら驚きませんが」

伊瀬君が体を倒す。ゆるゆると顔が近づいてきて、私はそっと目を伏せる。

「この状況でそんなことを言われて、僕が貴方を大人しく帰すと思われていたのなら、さすがに危機管理能力を疑います」

言葉の下から伊瀬君が私の唇に自身のそれを重ねてきて、私は完全に目を閉じた。

辛辣な伊瀬君の言葉を、こんなに心安らかな気分で聞いたことはないと思いながら。


「ん……ぅ……」

室内に二人分の息遣いが響く以外、他にほとんど物音はない。

場所は伊瀬君の部屋のベッドの上に移っているが、もう随分長いこと会話らしい会話もないままだ。

床の上で伊瀬君の唇を受け止めた後はもう待ったなしでベッドまで引っ張り込まれて押し

倒された。それからずっと、私は伊瀬君にキスで唇を塞がれ続けている。

最初は重なるだけだったのに、やがて伊瀬君の舌先が私の唇を割り開き、口内に侵入して、今や私の舌は伊瀬君のそれに絡め取られてろくな言葉を紡げない。

そうしながら伊瀬君は器用に私のネクタイを襟から抜き取り、ワイシャツのボタンも外していってしまうから、私は抵抗する間もなくほとんど半裸の状態にされてしまっていた。

「んぅ……ん、ん……」

伊瀬君、と呼んだつもりが、やっぱりそれはくぐもってやけに甘い溜め息にしか聞こえない。

実際のところ、意識していないと勝手に鼻から抜けるような甘ったるい声が漏れてしまいそうで私は必死だ。

とろりと絡みついてくる伊瀬君の舌に翻弄《ほんろう》され、眩暈にも似たものを感じて深い息を吐いたら、ふいに伊瀬君の掌が私の剝き出しになった脇腹を撫で上げてきた。

「んっ……！　あっ！」

さすがに驚いて身を捩ると、カシャンと小さな音がして長く重ねたままだった唇が離れた。

互いの眼鏡がぶつかり合ったらしい。

伊瀬君がわずかに身を起こし、大きく息を乱す私を見下ろしてくる。さらに見せつけるように赤く濡れた自身の唇を舐めたりするものだから、私はカァッと顔を赤くして伊瀬君から顔を背けた。

「もう覚悟は決まったんじゃなかったんですか……？」

囁く声が近づいてきて、伊瀬君の方に向けた耳に温い吐息がかかる。ヒクリ、と喉を鳴らした私に気づいただろうに、伊瀬君はそのまま私の耳を口に含んだ。

「あ…っ…」

耳の襞《ひだ》を柔らかな舌になぞられ、喉の奥から妙な声が漏れる。慌てて掌で口を覆うと、今度は脇腹に添えられていた手が動いて、指先が胸の突起に触れてきた。

「……っ……！」

掌の下で荒い息が漏れる。伊瀬君の指が円を描くように胸の突起を撫でると腰の辺りにザワザワと鳥肌が立って、私は大きく目を見開いた。だってまさか、男の自分がこんなところに触れられて反応してしまうなんて思わなかったのだ。耳を嬲られ、卑猥な水音を聞きながら胸の尖りを弄られていると、見る間に腰が熱くなってきて私は大いにうろたえた。

伊瀬君を止めようにも、自分で自分の口を覆っているせいでそれも叶わず、私は頰に爪を立てる。それに気づいたのか、伊瀬君が私の耳の端を軽く嚙んだ。

「……そんなことをするくらいなら、僕がキスで塞いでおいてあげますよ？」

伊瀬君の声はいつもより格段に甘くて、そんなものを流し込まれた耳がますます赤くなる。

どちらにしろ抗議の声が上げられないのは一緒じゃないかと思いながら小さく首を振ると、

強情ですね、と呆れたように呟かれた。

「いい年をして恥ずかしがることもないでしょう。大体、まったく反応してくれなかった方が僕としては落ち込みます」

指の腹でやわやわと胸の尖りを押し潰され背中に震えが走る。それでも私が手で口を塞いだままでいると、伊瀬君がもう一方の手で私の腰骨を撫で下ろした。

「声が聞けないのなら、直接体の反応を見ることになりますが」

不穏な言葉にギクリと背中を強張らせるのと、伊瀬君の手がスラックスの上から私の中心に触れたのはほぼ同時だ。私は慌てて掌を口から離したが、伊瀬君は構わず掌でそこを撫でさすってくる。

「い……っ…伊瀬君、手、手ならもう、外したか、ら……ぁっ！」

「そうですね。おかげでなんとなく貴方の体がどうなっているのかわかってきました」

平然と言い返し、伊瀬君は掌全体で包み込むようにしてその場所を擦ってくる。

スラックスの上からでもはっきりわかるくらい形を変えたそれを伊瀬君の指で辿られて、私は必死で唇を噛んだ。教え子に押し倒されてキスをされてこんなふうに反応してしまうのも恥ずかしければ、その証をこうして確かめるように触られるのも悶《もだ》え死ぬほど恥ずかしい。

そんな私の苦悶《くもん》を知ってか知らずか、伊瀬君は心なし嬉しそうに私の耳元で囁いた。

「……春井さんもその気になってくれたようで、よかった」

ベルトのバックルに手がかかる。本当は羞恥に負けてこの場から逃げ出してしまいたかったが直前で思いとどまったのは、伊瀬君の声にわずかだが安堵の色も漂っていたからだ。

事前準備は万端だったとはいえ、伊瀬君だって男同士でこんなことをするのは初めてだろうし、何かと不安要素は尽きなかったのかもしれない。

こんなふうに伊瀬君にばかり気を遣わせるのはいかがなものかと、今さらながら年上の面子を引っ張り出してくることでなんとか私は逃走を免れる。とはいえ、やはり他人にファスナーを下ろされる音を聞くのは耳を塞ぎたくなるくらい恥ずかしくて、私は無理やり話題を探して口を開いた。

「い、伊瀬君、今、春井さんって――……」

言い終えるのと同時にファスナーが引き下ろされ、薄い布越しに伊瀬君の指が触れてきた。前よりも鮮明になった感触に、私は喉を引きつらせる。

息も絶え絶えな私とは対照的に、伊瀬君の口調はもういつものそれに戻ってしまっていた。

「あぁ……卒業もしましたし、貴方はもう僕の先生ではありませんから」

指先はすぐ下着の中にまで滑り込んでくる。ためらいもなく直《じか》に握り込まれ、私は小さく喉を鳴らした。伊瀬君は情けない声を出した私に薄く笑って、握り込んだものをゆっくりと扱《しご》いた。

「……っ……ぅ……」

もどかしいほど優しい手つきに、はしたなく腰を浮かせそうになってしまった。奥歯を噛んでそれに耐えていると、伊瀬君の唇が耳元から移動して私の顎のラインを辿る。

「最初から、貴方は僕の先生ではありませんでしたしね。初めて会ったとき僕はまだ高校生で、あの大学の生徒でもなんでもなかったから、貴方のことはずっと春井研究室の春井さん、という認識でいました。大学に入学するまで。してからも。今もですが」

首筋に温い舌が這う。同時に伊瀬君の指先が先端の敏感な括《くび》れを擦る。耳に触れる伊瀬君の言葉は意識の表面を上滑りしていくようで、上手く捉えることができなかった。

だから素直に『先生』と呼んでくれなかったのか、と悠長に考えることができるようになったのは、もっとずっと後の話だ。

「んんっ……ん……」

巧みに緩急をつけてくる伊瀬君の手に高みまで押し上げられてしまわぬよう額にうっすらと汗まで浮かべて歯を食い縛っていると、伊瀬君が私の鎖骨に歯を立てながら呟いた。

「我慢せずいってしまったらどうですか」

「な…っ…！　そ、そんなこと――…っ…」

「ずっとこのままでいるわけにもいかないでしょう？」

少し速いピッチで扱かれ、腰の奥から熱いものが迫上がってくる。伊瀬君の言うことはもっともだが、私は自分に覆いかぶさってくる伊瀬君に涙目を向けて首を振った。

「い、嫌だ……私ばかりこんな……君なんて、まだ服も脱いでないじゃないか――……」

私の言葉に、伊瀬君が目を見開く。

私としては、自分ばかりが乱されていくのは不公平だと言いたかっただけで、それ以上の意味は考えていなかった。

自分が大いなる墓穴を掘ったと気づいたのは、完全に据わった伊瀬君の目を見たときだ。

「……でしたら、僕も脱げば問題ありませんか？」

「え？……あ！　いや、私は別に、そういうつもりじゃあ――……」

「わかりました。脱ぎましょう」

言うが早いか伊瀬君は上半身を起こし、ネクタイの結び目に指をかけて一気にそれを引き抜いてしまった。あとはもう止める暇もない。ワイシャツのボタンを弾き飛ばす勢いで外し、着ていたものをすべて床に落として伊瀬君が再び私に覆いかぶさってくる。

伊瀬君はどこか憮然とした表情で私を見下ろすと、低い声で言った。

「……僕だってそんなに余裕はないんです。無闇に煽らないでください」

そう言った伊瀬君の息が、わずかに震えていた。

本当に余裕がないのか、と私は軽く目を見開き、私なんか相手にしているのに、と思ったら急に照れくさいようなくすぐったいような気分になってまた耳が熱くなった。

伊瀬君が私の耳に唇を寄せる。同時に掌が私の中心に伸びてくる。

私はひどく迷ってから、おずおずと手を伸ばして自ら伊瀬君の背に腕を回した。

「……春井さん――……」

さわりたい、と、いつか山中で伊瀬君が呟いたのと同じ、切実で想いのこもった声で名前を呼ばれた。それだけで、私はかつてないほど満たされた気分になる。

指先が私の中心に絡み、緩やかに扱かれる。ぞくぞくと腰から背中に這い上がってくるものをやり過ごそうと伊瀬君の肩口に顔を埋めると、伊瀬君の匂いがした。項から立ち昇る、若い雄の匂いにくらりとする。思考が散漫になったところで伊瀬君の指の力が強まって、私は背中を仰け反らせた。

「あ…っ…あ――……」

もう上手く声も殺せない。室内に濡れた音が響く。ジワジワと体が熱くなってきて爪先でシーツを掻いたら、伊瀬君が私の耳朶を唇で挟んで呟いた。

「……この、耳が……」

突然感覚が二分される。下肢と、耳と、性感帯の存在する場所を同時に刺激されどちらに集中すべきか判断できないでいると、伊瀬君がさらに低い声で言った。

「緊張したり動揺したりすると赤くなるこの耳が、バラのようだとずっと思っていたんです。外側が血の色をすかしたように真っ赤で、でも内側は白くて、なだらかなグラデーションが綺麗だと、ずっと――……」

バラ、と私は胸中で呟く。瞬間、脳裏に蘇ったのは大学の裏庭で見た平咲きのバラだ。同時に伊瀬君の手紙の文面を思い出し、私のような枯れた中年男性をバラにたとえた理由がやっとわかった、と思ったり、耳をバラに見立てるなんてやっぱり伊瀬君の表現も感覚も普通とずれている、と思ったりしていたら、ゆっくりと伊瀬君が私の顔を覗き込んできた。

私の中心を扱く伊瀬君の手が一層速度を上げる。わずかだが逸れていた意識が戻ってきて、私は切羽詰まった声を上げる。

「や…っ…だ、めだ……っ……伊瀬君、もう——……っ！」

離してくれ、と言いたかったのに。

伊瀬君は眼鏡の奥の目を眇めると、掠れた声で囁いた。

「——……凄く綺麗だ」

「——…っ…！」

伊瀬君が、あんまり熱っぽい目でそんなことを言うから、不意打ちに私は呆気なくやられてしまう。体が二度、三度と痙攣《けいれん》して、気がつけば伊瀬君の手の中に精を放っていた。

「……はっ…ぁ…っ…」

力尽きて背中からシーツに沈み込んだ私は、伊瀬君の顔を見られず横顔を枕《まくら》に押しつける。そのまましばらく荒い息を吐いていると、伊瀬君の濡れた手が私の体の奥の方に触れてきて、私はギクリと体を強張らせた。思わず伊瀬君の顔を見上げると、神妙な顔をした伊瀬君と視線がぶつかった。

「……こちらはまだ、駄目ですか」

濡れた指先が入口に触れて、私はグッと喉を詰まらせる。

男同士だ。体を繋げようと思ったらそこを使うしかないのだろう。しかしそんなこと本当にできるのだろうかと思っていたら、意外にも伊瀬君の方が先に私から目を逸らした。

「別に、無理強いはしませんよ。時間は幾らでもあるんですから――……」

珍しく伊瀬君が引こうとする。手紙ではさんざんやらせてくださいと書いていたくせに。

それしか目的はないような言い草だったのに。

でも実際は、自分の欲望を後回しにして、私の意思を尊重しようとしてくれている。私が応えられるまで待とうとしてくれている。

それを見たら、急に引き止めたくなった。

「……私は老い先短いよ?」

伊瀬君の視線が止まり、再び私に戻ってくる。

「さすがに言いすぎです。まだそんな年ではないでしょう」

「全部君に任せたんだ。君が決めてくれ」

伊瀬君が私を見下ろしてゆっくりとした瞬きをする。それから、唇の端をほんの少し持ち上げるようにして笑った。

「……それは不用意な発言ではなくて、貴方なりの誘い文句だったんですね」

指先が再び入口に触れる。怖くないはずはなく、不安だって当然あったけれど、私はそれらを全部受け止めて目を閉じた。

「貴方の思っているよりひどいことになっても、後で文句は言わないでくださいよ」

最後通告のつもりなのか脅すようなことを言ってくる伊瀬君に、私も微かに笑い返した。

「もう何をされたって君のことは嫌いにならないから、平気だよ」

伊瀬君が小さな溜め息をつく。

「煽らないでくださいと言っているのに――……」

呆れたような声の裏にどこか幸福そうな響きがあって、私は伊瀬君の背に回した腕に力を込めた。

伊瀬君の濡れた指がゆっくりと中に入ってくる。グッと唇を噛もうとしたら、それを見越したように伊瀬君の唇がそこに重ねられた。軽く触れて、深く交わる。舌先が唇を割って、肉厚な舌に口内を満遍なく舐《ねぶ》られる。

「ん――……」

舌を深く突き入れられるのと指が深く入ってくるのは同時で、どちらに反応したものか背筋にゾクリと震えが走った。伊瀬君の指はほっそりとして繊細なせいか、あるいはよく濡れているせいか、思ったほどの痛みはない。

ややわと舌を嚙まれながら、ゆっくりと指を出し入れされる。濡れた音が室内に響き、段々息が上がってくる。

「……辛くありませんか」

わずかに唇を離し、私の顔を覗き込みながら伊瀬君が尋ねる。私は小さく頷いて、荒い息の下で微かに笑った。

「……君がそんなに優しいと……なんだか、変な感じだ……」

伊瀬君が心外そうに眉を上げる。

わかっている。本当はいつも、伊瀬君は優しかった。冷淡な言葉や表情で見逃しがちだったけれど、気がつけばいつでも傍らに立って、私の貧弱な腕を引き、頼りのない背を支えてくれていた。

わかっているけれど、こういうわかりやすい優しさも嬉しいものなのだと伝えようとしたら、伊瀬君がもう一方の手で突然私の中心を摑んだ。

「最初くらい優しくしてあげないと、次がないかもしれませんからね」

「えっ、わ、ちょ…っ…あっ！」

達したばかりでまだ柔らかかったそれを掌の中で捏ねるように刺激され、私は内股を突っ張らせる。先端からとろりと残滓《ざんし》がこぼれて伊瀬君の手を濡らし、ぬるぬるとした感触にいっぺんに肌が粟立《あわだ》った。

「い…っ…伊瀬、く……っ」

「メンタルな面は容赦しませんが、フィジカルな部分は考慮しましょう。……もういいお年ですからね」

伊瀬君の言葉尻に、機嫌よさ気な笑いがにじんだ。その顔を見たいと思うのに体が思うように動かず、私は顎を逸らしてあらぬ方向に視線を向けてしまう。

前を扱かれながら後ろを嬲られるのなんて、当然初めての体験だ。快と不快が交じり合い、とっさにはどちらとも判別がつかない。ただ腹の底から迫上がってくるものを堪えようと、私は唇を噛み締めて後ろ頭をシーツに押しつける。

「……っ…ぅ……あっ……」

ズッと奥まで指が入ってきて、喉の奥から震える息が漏れた。それでも、最初よりは指の動きが滑らかになった気がする。

伊瀬君も同じことを思ったようで、私の耳元に唇を寄せて囁いた。

「春井さん、わかりますか。段々後ろが濡れてきたでしょう」

とんでもなく恥ずかしいことを伊瀬君は淡々と口にする。わざと濡れた音を立てて私の性器を擦りながら、ほら、と伊瀬君は私の耳を口に含んだ。

「こちらも反応してきましたね」

うぅ、と私は喉の奥で声を押し潰す。先端からこぼれる先走りが伝い落ち、潤滑油代わりになってるのだろう。でもそんなことわざわざ言わなくても、と抗議の声を上げようとしたら、中でぐるりと指を回された。

「あっ……！」

突然のことに、声を殺せなかった。慌てて掌で口を塞ぐと、伊瀬君が私を見下ろしてわずかに目を眇める。

「……悪くないですか？」

私はブルブルと首を振ったが伊瀬君は聞き入れず、二度、三度と深い抜き差しを繰り返す。そうしながら本格的に前を扱いてくるものだから、私は両手で口を押さえ必死で声を殺した。

「ん……っ……んんっ……！」

「そんなことをしていて酸欠になっても知りませんよ」

揶揄《やゆ》するような声で言われても私は両手を外せない。だって今外したら、どんな声が出てしまうかわからない。伊瀬君の指が出入りするたびに、体の奥から何かが湧き上がってくるようだ。波が打ち寄せては引いていくような、一瞬だけ掠めるように何かを感じて、でもすぐに見失ってしまうような脆い感覚に翻弄される。

そうして私が声を出せないでいる間にも伊瀬君は指の数を増やしてくる。奥まで突かれて、私はビクッと内股を強張らせた。

「…………そろそろ手を放したらどうですか」

私が反応した場所を、今度はゆっくりと押し上げながら伊瀬君が言う。私は痙攣するように喉を仰け反らせ、やっぱり何も言えない。いきなり押し寄せた快楽の波をやり過ごすのに精一杯で。

「春井さん、ほら……」

前を嬲っていた手を止め、伊瀬君が私の脚を大きく開かせる。もう一方の手は相変わらず内側を探りながら、伊瀬君は体を倒して私の手の甲に唇を落とした。

「………キスができないじゃないですか」

手の甲に吐息がかかって、私は涙目で伊瀬君を見上げる。一見するといつもの無表情のようでいて、伊瀬君の目は熱っぽい。その目でジッと見詰められ、私はおずおずと口元を覆っていた手を外した。

伊瀬君の顔が近づいて、その目元がわずかに緩んだのがわかった。

唇が触れる寸前、散々後ろを嬲っていた指が引き抜かれた。代わりに熱い刀身が押し当てられる。一瞬喉が鳴りそうになったが、それを無理やり飲み込んで私は自ら伊瀬君の首を抱いて引き寄せた。互いの唇が重なって、伊瀬君がゆっくりと私の中に押し入ってくる。

「……っ……!」

キスをしていてよかった。そうでなかったら、恐らく悲鳴は噛み殺せなかっただろう。

「ん……んっ……」

互いの舌を絡ませ合い、伊瀬君の後ろ首に爪を立てて私はきつく目を瞑った。

ゆっくりと着実に侵入してくるものを、息を殺して受け入れる。

痛い。けれど、伊瀬君だ。そう思えば耐えられる気がした。今私を抱いているのは伊瀬君なのだ。そう思うだけで痛みよりもジンとした胸の疼きが体を支配する。

「んっ、んぅ…っ…ん…っ！」

半分ほど埋め込んだところで一度動きを止めた伊瀬君が、最後は勢いをつけて一気に根元まで押し込んできた。痛みにさすがに息が止まる。唇が離れ、私は喘ぐように息を吸った。

私の肩口に顔を埋めた伊瀬君もしばらくは動かない。ただ、少し乱れた息が耳元を掠める。伊瀬君も余裕がないのは本当らしい。そう思ったらまた胸の奥が熱くなった。

痙攣する息を宥めながら、私はそっと伊瀬君の後ろ頭を撫でる。子供にするような仕種を、伊瀬君が嫌がる気配はない。こうしているとなんだか可愛いな、などと伊瀬君が聞いたら本気で睨み殺されそうなことを思いながらしばらくそうしているうちに、伊瀬君を受け入れる部分の引きつれるような痛みも和らいできた。

私が深い息を吐くと、そのタイミングを見計らったかのように伊瀬君が顔を上げた。至近距離で私の顔を覗き込み、互いの唇を寄せようとして途中で伊瀬君が動きを止める。

なんだろう、と思ったら、伊瀬君が手を伸ばして私の眼鏡を取り払った。突然濁った視界の中、ベッドサイドに眼鏡の置かれる音がする。

再び伊瀬君の顔が近づいてくるが、伊瀬君は眼鏡をかけたままだ。

「い、伊瀬君、眼鏡……」

「僕は外すと何も見えませんから、このままで」

「ず、ずるい、私だけ――……」

「どうせ貴方のは老眼鏡でしょう」

「失礼だな！　近視用だよ！」

「ご冗談を……」

本当だ、と言い返そうとしたが、伊瀬君に唇を塞がれてしまって叶わなかった。

「ん、ぅ――……」

唇を割って伊瀬君の舌が忍び込んでくる。それが私の舌を搦《から》め捕《と》り、じっくりと舐られ、吸い上げられ、私は酩酊感《めいていかん》にとろりと目を閉じる。

溶けるようだ、と思った。伊瀬君が腰を使い始めてもそれは変わらず、むしろ体の奥から崩れていくような感覚に捉われる。

「ん……ぅ…っ…あっ……！」

互いに息が続かなくなり、自然と唇が離れた。そうすると、私の口からはもう甘い喘ぎしか上がらない。伊瀬君に力強く腰を打ちつけられるたび、体の節々が緩んでほどけてしまいそうになる。

「あ…っ…あぁ……っ」

自分の体が変容していくようで恐くて、闇雲に伊瀬君の背中にしがみついた。けれどそうして体中で伊瀬君の肌を味わってしまうと、またしても感覚が乱れていく。互いの皮膚を合わせているだけなのに、背筋に震えが走るほど気持ちがいい。内側に接するものもひどく熱くて、私は中からも外からも溶かされる。

「春井さん――…っ…」

伊瀬君が私を呼ぶ。今までとは違う呼び方で。たったそれだけのことで、腰が疼くように熱くなった。もう私は伊瀬君の先生ではなくて、でもこれからも一緒にいられるのだと思ったら体に歓喜の震えが走る。

伊瀬君が、耳元で息を飲んだ。無意識に締めつけてしまったらしい。抽挿が激しくなり、硬い切っ先で何度も内側を抉られて思考がばらけていく。

繰り返し揺さぶられ、私は伊瀬君を抱き寄せる腕に力を込めた。全身で感じる伊瀬君の肌は熱い。眩暈がするくらいに。

「伊瀬……く……んっ、ぁっ……」

一際大きく突き入れられ、目の前で火花が弾ける。引き絞った弓のように背が山形になり、全身を硬直させたところに最奥までねじ込まれた。張り詰めた糸を弾かれるように、爪先から脳天に衝撃が走る。声にならない声を上げて私が限界まで体を緊張させると、伊瀬君が低く呻いて私の名を呼んだ。

「あっ……あ――……っ……」

鋭敏な場所を容赦なく穿《うが》たれ、掠れた声が長く尾を引く。内側に飛沫《ひまつ》が叩きつけられるのと、私が果てたのはどちらが先だったか。

絶頂まで押し上げられた意識が急下降する。その浮遊感も遠ざかり、視界がゆっくりと狭まって、私の意識はそこで途切れた。

目が覚めたのは、明け方だった。

まだ薄暗い部屋の中、カーテンの隙間からはぼんやりと青白い光が射している。

目を開けると真正面に伊瀬君がいた。私に腕枕をした状態で眠ってしまったらしい。

寝起きのぼんやりした頭で昨日の出来事を整理して、今さらのように私は頰を赤く染める。

伊瀬君も私もまだ何も身につけないまま布団の中で寄り添っていて、面映い気分で私は伊瀬君の寝顔を見上げた。

伊瀬君はよく眠っている。眼鏡も外して、目を閉じたその顔は年相応に幼く見えた。

その穏やかな寝顔を見守りながら、私は静かに決心する。教え子とこういう関係になってしまった責任は、ちゃんと私がとろうと。

最後の判断は伊瀬君に委ねたけれど、そのあとの責任は私がとろう。それが大人の務めだと思う。

こんなことを伊瀬君に言ったらきっと鼻で笑われてしまうだろう。言葉に具体性がない、とか、貴方なんか頼りにもならない、とか。だから面と向かっては言わないけれど、私は確かに決意する。これは自分なりのけじめで、覚悟だ。

「君みたいに確固たる自信はないけれど……でも、君と一緒に幸せになる努力だけは、惜しまずするよ……」

どうやって、とは、まだ言えない。きっとこの先、今は想像もつかないような困難なことに直面することもあるだろう。でも、その全部をきちんと、受け止めよう。

しばらく伊瀬君の寝顔を見詰めてから、ふいに私は、手紙を書こう、と思った。

完全に夜が明けたら、伊瀬君に手紙を書こう。忘れないうちに想いを言葉で残しておこう。

いい考えかもしれない、と私は唇の端を緩める。意思の弱い私のことだから、決意を固めたつもりでもまたすぐ崩れ去ってしまうかもしれない。その点伊瀬君に手紙を託しておけば安心だ。言葉を違《たが》えればすぐに容赦ない叱責が飛んでくる。

私は口元を緩めたまま伊瀬君の広い胸に寄り添う。そうすると、無意識なのか伊瀬君が腕枕をしていない方の手で私の背を抱き寄せてきた。

冬の寒い朝、ぬくぬくと温かな伊瀬君の腕の中で、私はゆるりと目を閉じる。

伊瀬君の書いてくれた手紙も、ちゃんと全部取っておこう。最初の頃は理解に苦しんだあの手紙も、今読み返したらきっとまったく受け止め方が違う。

明日、早速研究室に行って机に入れておいた手紙を全部持ってこようか。それでもう一度、採点し直してみるのもいいかもしれない。

『やらせてください』で始まってしまう、直球すぎる、でも想いのこもった恋文に、今度は花丸をつけてあげようと思った。

あとがき

文房具店で美しいレターセットに手を伸ばしかけては書く当てもなかったと我に返る海野です、こんにちは。

今回の話には手紙が出てきましたが、手紙というとちょっと思い出すことがあります。私がまだ小説家としてデビューする前、投稿した雑誌の読者選考員の方からお手紙をいただいたことがあります。それまで私は自分の小説を誰かに見せる機会というものがなく、感想をいただいたのも初めてでとても感動した覚えがあります。

それから月日は流れ。

今年の頭にウェブサイン会を開催していただいたのですが、そのリストの中に先述のお手紙をくださった方の名前が……！　よっぽど名前の横に一言メッセージでも書こうと思ったのですが、「いや、同姓同名の別人という可能性も……！」と怯んでしまい、結局お名前しか書けませんでした。

その後、当時いただいた手紙を持ち出してもう一度読み返してしまいましたが、まだデビューも決まっていなかったあの頃、突然届いた手紙にとても勇気づけられたことを思い出してなにやら胸が熱くなったものです。本当に励みになったなぁ……と。

というわけで、手紙の力は偉大です。昨今ではちょっとしたやり取りはメールになりがちで、それはそれでとても便利なのですが、前触れもなく郵便受けに舞い込んでくる手紙はやっぱりちょっと特別な気がします。

そんな手紙の中でも特別な、恋文にまつわるお話の本作。イラストを担当してくださった草間さかえ様、素敵なイラストをありがとうございました！　春井先生は本文ではあんなにうだつの上がらない冴えないオッサンだったのに魅力的だし、口絵の伊瀬君はエロ格好よすぎて万歳三唱でした。

そして末尾になりますが、この本を手に取ってくださった読者の皆様、本当にありがとうございます。私がこうして小説を書いていられるのも読者の皆様あってこそ。今度とも皆様に楽しんでいただけるよう精進していこうと思います！

海野　幸

本作品は書き下ろしです

海野幸先生、草間さかえ先生へのお便り、
本作品に関するご意見、ご感想などは
〒101-8405
東京都千代田区三崎町2-18-11
二見書房　シャレード文庫
「理系の恋文教室」係まで。

CHARADE BUNKO

理系《りけい》の恋文教室《こいぶみきょうしつ》

【著者】海野幸《うみのさち》

【発行所】株式会社二見書房
東京都千代田区三崎町2-18-11
電話　03(3515)2311[営業]
　　　03(3515)2314[編集]
振替　00170-4-2639
【印刷】株式会社堀内印刷所
【製本】ナショナル製本協同組合

落丁・乱丁本はお取り替えいたします。
定価は、カバーに表示してあります。

ISBN978-4-576-11155-1

http://charade.futami.co.jp/